21世纪
新畅销译丛

THE YELLOW BIRDS
KEVIN POWERS

黄 鸟

〔美〕凯文·鲍尔斯 著　　楼武挺 译

人民文学出版社
PEOPLE'S LITERATURE PUBLISHING HOUSE

著作权合同登记号　图字 01-2018-3337

THE YELLOW BIRDS
by
KEVIN POWERS
Copyright © Kevin Powers 2012
This edition arranged with ROGERS, COLERIDGE & WHITE LTD(RCW)
through Big Apple Agency, Inc., Labuan, Malaysia.
Simplified Chinese edition copyright:
2018 SHANGHAI 99 READERS' CULTURE CO., LTD.
All rights reserved.

图书在版编目(CIP)数据

黄鸟/(美)凯文·鲍尔斯著;楼武挺译.—北京:
人民文学出版社,2018
(21世纪新畅销译丛)
ISBN 978-7-02-014142-5

Ⅰ.①黄… Ⅱ.①凯… ②楼… Ⅲ.①长篇小说-美
国-现代 Ⅳ.①I712.45

中国版本图书馆 CIP 数据核字(2018)第 086218 号

责任编辑　卜艳冰　周　洁
封面设计　汪佳诗

出版发行　人民文学出版社
社　　址　北京市朝内大街 166 号
邮政编码　100705
网　　址　http://www.rw-cn.com

印　　刷　上海盛通时代印刷有限公司
经　　销　全国新华书店等

开　　本　889 毫米×1194 毫米　1/32
印　　张　6
字　　数　140 千字
版　　次　2018 年 10 月北京第 1 版
印　　次　2018 年 10 月第 1 次印刷

书　　号　978-7-02-014142-5
定　　价　48.00 元

如有印装质量问题,请与本社图书销售中心调换。电话:010-65233595

献给我的妻子

有只黄鸟

长着黄喙

轻轻落到

我的窗台

我用面包

哄它进来

狠狠敲爆

它的脑袋

——旧时美军进行曲

　　看不到未来的凶险,又易于遗忘曾经的灾祸,这是人类幸运的天性。凭借这一天性,我们度过短暂而险恶的一生;凭借这一天性,我们忘却痛苦的回忆和经历的悲伤。

——托马斯·布朗爵士

一

二〇〇四年九月

伊拉克尼尼微省塔法市

战争企图在春天杀死我们。天气转暖，伊拉克尼尼微平原上逐渐变得绿草如茵。我们在城镇外围低矮的山坡上巡逻：怀着坚定的信念翻山越岭，在茂密的草丛中择路而行；像拓荒者那样，顶着狂风艰难跋涉。我们睡觉时，战争匍匐祈祷，身上的一千根肋骨贴着地面；我们拖着疲惫的身体向前推进时，战争在暗处瞪着白眼，虎视眈眈；我们进食时，战争忍饥斋戒。它交配、产崽，在烽火中繁衍。

　　接着，战争又企图在夏天杀死我们。炎热把平原上的所有色彩蒸发殆尽，烈日炙烤着我们的肌肤。战争派遣它的爪牙在一栋栋白色房屋的阴暗处设下埋伏。它把世上的一切都笼罩在白色的阴影之下，那情形，就像我们的眼睛蒙上了一层面纱。战争每天都企图杀死我们，但始终没有得逞。不过，这并非我们命大，只是一时侥幸而已。战争迟早会得到所能得到的一切。它有的是耐心，而且肆无忌惮、残酷无情，也不管你是受人喜爱还是令人厌恶。那个夏天，战争曾来到我的梦中，告诉了我它唯一的目标：不达目的，誓不罢休。我知道，战争迟早会得逞的。

　　到九月，战争已杀死了成千上万的人，并在坑坑洼洼的街道上留下无数尸体。这些尸体，有的被扔进胡同，有的堆在城外的山坳里，全都面部肿胀而发青，毫无生气。战争竭尽所能，企图杀光我们所有人：男人、女人及孩子。但它只杀了不到一千名像我和默夫这样的士兵。随着秋天来临，"一千"这个数字对我们仍具有某种意义。默夫和我说定了，我们不想成为第一千名被杀死的士兵。要是在那之后死的话，死了也就死了，但那个数字还是留给别人当里程碑吧。

九月到来时，我们几乎没有注意到任何变化。但现在回想起来，日后永远改变我一生的所有事情，正是从那时开始出现的。那天，塔法市天亮得似乎比平时稍晚一些。晨曦一如往常，在黑暗中勾勒出屋顶的边沿和弯曲的街道，并倾洒在白色和黄褐色的房屋上——那些房屋由灰砖砌成，盖着波纹形的铁皮或混凝土屋顶。一望无际的天空层云密布，有如一片墓穴。远处，从我们整年巡逻的山坡上吹来一阵微风。这股微风吹过城中那两座高耸的宣礼塔，穿过一条条胡同，惹得胡同里的绿色雨篷随之摇曳。接着，它又拂过城外光秃秃的泥土地，"撞"到稀稀落落的房屋上，消散了。我们的军队端着步枪，就在那些房屋里布防。我们排的位置在其中一处屋顶上。黎明前的晨曦中，排里的几个人只是几条灰色的影子。我记得那时还是夏末，一个星期天，我们在等待命令。

四天来，我们贴着沙子，缩着身子，一直趴在那处屋顶上。前几天的激战留下了大量弹壳，在我们身下铺了一地，一不小心就会打滑。刷成白色的矮墙下，我们把身子扭成奇怪的形状，挤在一起。与此同时，我们靠安非他命①保持清醒，终日提心吊胆。

我撑起胸膛，让目光微微高过矮墙，然后透过步枪的望远镜瞄准器，扫视眼前那个由我们负责监控的世界。锡绿色的望远镜里，泥土地的那头横亘着一片连绵起伏的矮房子。我们所处的位置和塔法市其他部分之间隔着一片空地。由于连日激战，那片空地上横七

---

① 一种抗疲劳的药。

竖八地散落着许多尸体。那些尸体横在沙尘里，残缺、破碎、扭曲，白色的衣服被血液染成了黑色。刺柏和稀疏的草丛间，几具尸体冒着烟。清冽的晨风中弥漫着炭、机油和尸体混合燃烧的刺鼻气味。

我重新低下头，点了支"樱桃"，然后窝着手掌，挡住烟身，深吸一口，最后冲屋顶缓缓吐出烟雾。烟雾弥漫开来，接着升起，消散了。烟灰变得越来越长，挂了好长一会儿才掉落。

微弱的晨曦中，排里其他在屋顶的人开始推挤、蠕动。斯特林把步枪架在矮墙上，待命过程中不停地打瞌睡，一会儿睡着，一会儿惊醒。他不时地猛一点头，然后瞧瞧四周，看看是否被人发现自己在打瞌睡。天色逐渐变亮，衣衫不整的他冲我咧嘴一笑，接着举起扣扳机的手指，往自己的眼睛上抹了点塔巴斯科辣椒酱，以保持清醒。然后，他转回去，继续监视我们监控的那块区域。隔着军服，可以看出他身上的块块肌肉。

我右边的默夫一吸一吐的，听着好像很享受的样子。我跟他隔着一摊黑色液体。那摊液体非常难闻，而且看起来，似乎一直在不停地扩大。每隔一会儿，默夫就朝那摊液体吐口唾沫[1]，动作非常熟练。对此，我早已习惯了。这时，他抬头，笑着问我："来一点吗，巴特[2]？"我点了点头。于是，他递过来一罐家乡寄来的"科迪亚克"[3]。我弄了一撮，塞到下嘴唇和下牙床之间，并掐灭自己的香烟。默夫的湿鼻烟非常烈，呛得我眼泪直流。我也朝我们之间的那摊液体吐了口唾沫，然后清醒了。灰蒙蒙的晨曦中，眼前的城市逐渐现出全形。隔着尸体横陈的空地，对面那些房屋的窗户上零零

---

[1] 默夫是在吸湿鼻烟，每隔一会儿就要吐掉烟渣。
[2] 对"巴特尔"的简称。
[3] 一种湿鼻烟。

星星地挂着些白旗。那些窗户黑乎乎的，周围镶着一圈锯齿状的碎玻璃，配上白旗，远远望去，仿佛一幅幅怪异的钩针编织图案。外墙刷过石灰的房屋，在阳光下变得越来越白。笼罩在底格里斯河上方的薄雾逐渐消散，让整座城市显露了一丝生气。从南边的山坡吹来阵阵微风；随风摇曳的绿色雨篷上方，白色的停战传单漫天飞舞。

斯特林拍了拍自己的手表。我们知道，那两座宣礼塔里马上就会传出阿訇用颤音高唱的祷告声，召唤虔诚的信徒进行祷告——阿訇的祷告声里满是奇怪的小调音。那是个信号，我们知道那个信号的含义：又几个小时过去了，我们离目标越来越近了，尽管对我们来说，这目标模糊而陌生，就像此地的黎明和黄昏，令人难以分辨。

"保持警惕，弟兄们！"中尉用强有力的声音低声说。

默夫坐起来，沉着地给步枪上了一滴润滑油，然后推枪上膛，把枪管架到矮墙上，并居高临下，死死地盯着空地对面那些昏暗的路口和胡同。他那双蓝色的眼睛布满了血丝。几个月来，他的眼窝陷得更深了。偶尔望向他时，我几乎看不到他的眼睛，只看得到一对小黑圈，有如两个黑乎乎的小洞。我也推枪上膛，并冲他点头道："又一天开始了。"默夫从嘴角挤出一丝微笑，回道："继续熬呗。"

我们是在战斗刚打响的那几个小时到达那栋房屋的。当时，月亮即将西沉，月色朦胧，房屋里又没有任何灯光，漆黑一片。我们用战车撞开破旧的铁门——那扇刷成暗红色的铁门已锈得不成样子，几乎看不出哪里是原来的红漆，哪里是锈迹。战车放下活动坡道,我们迅速下了车。第一班的几名士兵冲去屋后,排里的其他人则在屋前集结。接着,我们同时踹开两扇门,冲进屋里。里面空无一人。我们开始逐个房间搜查。步枪前端的照明灯射出道道光柱,但屋里还是非常昏暗。光柱扫过之处,飘扬着我们踢起的灰尘。有些房间里,椅子翻倒在地,窗上挂着五颜六色的编织拜毯①,拜毯后面的窗玻璃早就被子弹打碎了。这些房间里并没有人。有些房间里,我们以为自己看到了人,于是冲暗处厉声大喊,命令他们蹲到地上,但其实根本没有人。搜查完每个房间后,我们上了屋顶,然后居高临下,监控底下那片平坦的泥土地。泥土地的对面就是漆黑一片的城市。

第一天拂晓,我背靠矮墙坐着。翻译马利克来到平坦的混凝土屋顶,挨着我坐下。天还没亮,灰蒙蒙的,就像大雪天那样。城对面传来交战的声音,但离我们还有段距离。远处不时地响起火箭弹发射、机枪轰鸣和直升机垂直俯冲的声音。听到这些声音,我们才意识到自己正处于战争中。

"我以前就住在这里。"马利克告诉我。

他的英语说得非常好,虽然带有喉音,但并不难听。我的阿拉伯语说得很糟糕,所以经常叫他帮忙纠正:"苏克伦"(谢谢)、"阿福万"(不用谢)、"丘姆比拉"(炸弹)……他会帮我,但最后总会打断我:"我的朋友,我得说英语,我要练习。"战前,马利克是名大学生,读的是文学专业。大学关门后,就来给我们当翻译了。他每天脸上都蒙着长至脖子的面罩,下身穿一条破旧的卡其布便裤,外面穿一件褪了色但看着好像刚熨过的大袍。马利克从不解下面

---

① 祈祷时用来跪拜。

罩。我和默夫曾问他为什么不解下面罩,他用食指沿着面罩的下摆比划了一圈,回答:"要是发现我在帮你们,他们会杀了我的,他们会杀了我全家的。"

自我们上了屋顶,默夫一直在对面帮中尉和斯特林架设机枪。这时,他猫着腰,压低身子,小步跑了过来。看着默夫移动的身影,我发现荒凉的沙漠让他感到很不自在;发现不知为何,衬着远处连绵起伏的低矮山坡,河滩上那些干枯的荒草显得更加荒凉了。

"嘿,默夫,"我说,"马利克以前就住在这里。"

默夫迅速弯下腰,挨着墙坐下,问:"哪里?"

马利克站起来,指向一片房屋。那些房屋排列得非常整齐,构成一个近似长方形的狭长区域,看着有点奇怪。那片房屋就位于空地的对面,从那里到我们所在的位置就是我们负责的区域。距塔法市边缘稍微再远点的地方有片果园。城市周围,一些油桶和几堆垃圾烧了起来,并且转眼工夫,就莫名其妙变成了熊熊大火。我和默夫没有站起来,但能看到马利克指的地方。

"以前,阿尔谢里菲太太总在这块地上种风信子。"马利克说着,像集会时台上的领导那样,大张开双臂,比划了一下。

默夫伸手拉了拉马利克的大袍袖子,说:"小心点,大个子,别暴露了。"

"她是个非常古怪的老寡妇。"马利克双手叉着腰,目光因为疲惫而显得呆滞。"这里的女人都嫉妒她种出那么好看的花,"马利克大笑着继续说,"她们说她用了妖法。"他停了一会儿,把双手放到我和默夫倚靠的土墙上。"那些花全都在去年秋天的战火中烧毁了。今年,她不种了。"说到这里,他突然停住了。

我努力想象当地人的生活,但怎么也想不出来,尽管我们曾在马利克所说的街道上巡逻,在低矮的土屋里喝过茶,我还握过住在土屋里的那些老头和老太太布满青筋的手。"好啦,哥们儿,"我说,"再不蹲下来,你就要吃子弹了。"

"可惜你们没有看到那些风信子。"马利克说。

就在这时,突然枪声大作。从对面那些房屋所有的阴暗处喷出无数道火舌,而看不见的子弹更是多得多。那些子弹呼啸着冲我们飞来,最后砰砰砰地打进泥砖和混凝土里。我和默夫没有注意到马利克被击中,但我们的军服都溅上了他的血。接到停止射击的命令后,我们从矮墙上俯视下面,看到马利克一动不动地躺在沙尘里,周围是一大摊血迹。

"他不算吧?"默夫问。

"我觉得不算。"

"现在的数字是多少?"

"九百六十八?九百七十?得回去查一下报纸才能确定。"

对于自己的冷漠,我那时一点也不感到惊讶,因为当时,死人似乎是再正常不过的事。此刻,我正在蓝岭①,身处搭在清澈小溪之上的小屋里,温暖而安全。反思自己二十一岁那年的心境和行为,我只能对自己说,我当时必须那样想、那样做。我得活下去,而为了活下去,我就得擦亮眼睛,密切注意真正需要注意的。我们只会注意罕见的事物,但当时,死亡是司空见惯的,罕见的是刻有你名字的子弹和特意为你埋下的简易炸弹。只有这些,才会引起我们的

---

① 位于美国弗吉尼亚州。

注意。

　　从那以后，我很少想起马利克。他只是我人生中的匆匆过客。虽然当时，我还无法确切地表述出来，但一直以来，我被灌输的思想是：战争是巨大的融合器，在拉近人与人之间的距离方面，世上再没有什么能比得过战争。放屁！说战争是巨大的"唯我论者"制造机还差不多：你今天打算怎么救我的命？死也许是一种方法。要是你死了的话，我就有更大的机会活下去。真相是，你什么也不是，只是无数军服中的一套和茫茫沙尘中的一个数字。说不清为什么，我们当时觉得那些数字是一种符号，代表我们是无足轻重的。我们误以为要是一直做个普通人，我们就不会死。所以，在越来越长的死亡名单上看到死者的半身照时，我们总觉得他们是特别的。（报纸的死亡名单上，死去的士兵都有一个数字，说明他们是第几个死的，而那些数字的旁边则整齐地排列着他们的照片，显示出这是场有序的战争。）我们的脑中偶尔会闪过一个念头：对于死去的那些人来说，来到伊拉克的很久以前，他们的名字就已经上了死亡名单；一拍了半身照，给了编号，分配了驻地，他们就已经死了。中士伊齐基尔·瓦斯克斯，二十一岁，来自得克萨斯州拉雷多市①，七百四十八号，在伊拉克巴古拜市遭到轻武器袭击，不幸身亡——看到这条信息，我们确信那人其实早已是"行尸走肉"，在得克萨斯州南部游荡了多年。我们觉得在从美国来伊拉克的C-141运输机上，他就已经死了；要是飞越巴格达的途中，那架C-141运输机出现了颠簸和偏航，他完全用不着惊慌。根本没什么好怕的，命中注定的那天到来之前，他想死都死不了。对下面这个人来说，也是一

---

① 位于得克萨斯州南部。

样：医务兵米丽亚姆·杰克逊，十九岁，来自新泽西州特伦顿市，九百十四号，在伊拉克萨马拉市兰施图尔地区医疗中心遭到迫击炮袭击，不治身亡。对此，我们感到很庆幸——不是庆幸她死了，而是庆幸我们没死。她是去营房背后晒刚洗的军服时被迫击炮击中的。真希望在那之前，她一直过得很开心，并利用自己的"特殊身份"做了很多事。

当然，我们错了，最大的错误是想当然。现在回想起来，真的很荒唐：当时，我们以为只要别人死了，我们就能活下去；某个特定的时间只会死一个人，那人死了，我们就不用死了。我们不知道死亡名单是无限的，还以为死亡人数不会超过一千。我们从没想过，自己也可能是"行尸走肉"。受当时那种想法的影响，我过去一直觉得，做或不做某个决定，可能导致自己的名字会或不会被列入死亡名单。

现在，我知道其实并非那么回事。根本没有刻着我或默夫名字的子弹，也没有特意为我们制作的炸弹。任何一颗子弹或炸弹都有可能杀死我们，就像杀死其他人一样。我们不是命中注定可以逃过一劫的。现在，我已不再去想下面的事了：要是当时，脑袋稍微向左或向右偏上几厘米，我就被子弹击中了；要是当时，行军速度每小时快了五千米或慢了五千米，我们就踩上简易炸弹了。事实上，我从未被子弹击中，也没有踩上简易炸弹。我并没有死。可是，默夫死了。虽然当时并未在场，但我坚信，捅死默夫的那些肮脏的刀子上肯定写着"致相关人士"几个字。不管活着还是死了，我们都只是普通人，彻头彻尾的普通人。不过，我情愿相信：那时，我还有一点同情心；要是之前有机会见到那些风信子，我可能就注意到它们了。

马利克的尸体就横在房屋墙脚处，扭曲而破碎，但我一点也不感到震惊。默夫递给我一支烟，我们再次趴下来。不过，马利克的话令我想起了一个女人，怎么也忘不了——那女人曾用缺了口的小杯子招待我们喝过茶。那段记忆仿佛遥远得难以企及，埋在沙尘里，等着有人用刷子刷去沙尘，好让它重见天日。我记得那女人红着脸冲我们微笑，非常漂亮，尽管她已经一大把年纪了，腆着大肚子，只剩下几颗黄牙，皮肤有如夏天干裂的土块。

也许，本来就该有一片风信子，而不是像我们攻占那栋房屋时那样，也不是像马利克死后的四天里那样。马利克死后的四天里，随风摇曳的青草被烈日晒干，被大火烧没了。集市上身穿白袍、熙熙攘攘的人群不见了。有些人倒毙在城中的各个院子和纵横交错的胡同里。剩下的人——男的、女的、老的、少的、健全的、伤残的——或走，或坐慢悠悠的大篷车，或开黄白相间的老爷车，或坐骡车，或两三个一块赶路，纷纷出城逃难。整个塔法市就剩下了这些毫无生气的生命。我们实施宵禁的夜晚，他们低着头，经过我们的大门、路障和炮台，逃向九月干旱的山区。夜色中，他们好像一条斑驳的彩带，渐行渐远。

底下的房间里，无线电嗞嗞作响。中尉正在轻声向上级汇报情况。"是，长官，"他说，"明白，长官。"我肯定，中尉的报告会逐级上报，最后，某地某间温暖、干爽、安全的屋里，某人会听到：十八名士兵整夜都在监控塔法市的各条胡同和街道；一块沙尘飞扬的空地上躺着多少多少敌人的尸体。

无线电的蜂鸣声消失，连接屋顶的楼梯上响起中尉蹑手蹑脚的皮靴声。这时,城市的上空和沙漠中那些山坡的上空,天就快亮了。夜里模糊而朦胧的城市露出了大致的轮廓,有如一个奇形怪状的庞然大物,呈现在我们面前。我望向西方。视线中出现了褐绿两色。随着太阳慢慢升起,那些土墙、低矮的房屋和蜂巢似的院子逐渐褪去了灰色。稍微偏南的地方,那片整齐的果树林中正燃着几堆大火,略显稀疏的枝叶间升起一股浓烟。那些果树还很小,比人高不了多少,来自山谷的风吹得它们垂下了枝头。

上了屋顶后,中尉弯下腰,使上身与地面平行,啪嗒啪嗒地来到墙边,然后背靠着墙坐下,示意我们围到他身边。

"好啦,弟兄们,听着。"

我和默夫抵着对方的身体,互相靠着。斯特林朝中尉稍微挪了挪,然后瞪着眼睛,扫视了一圈其他人。我盯着说话的中尉,看到他的眼睛很浑浊。继续往下说之前,中尉重重地短叹一声,用两个指头挠了挠脸上那片好像褪了色的山莓的疹子。那些疹子从他浓密的眉毛下一直延伸到左脸上,形成椭圆形的一小片,看着似乎连眼窝周围都有了。

中尉天生就是冷淡的人。我连他是哪里人都不知道。他有点矜持,但不能简单地说他不和善或孤傲。他只是显得很神秘,或者说,有点不可捉摸。此外,他还老是叹气。"我们要在这里一直待到中午,"中尉说,"三排将向我们西北面的那些胡同推进,好把躲在里面的敌人赶出来。希望那些敌人会吓得屁滚尿流,顾不上对我们开枪,直到我们……"说到这里,他把手从脸上拿下,开始隔着防弹衣,在军服的胸袋里摸找香烟。我递了一支给他。"谢谢,巴特尔,"中尉道了声谢,转向南边,望着燃烧的果园,问,"那些火烧多久了?"

"好像是昨晚开始烧的。"默夫回答。

"好,你和巴特尔密切注意那些火。"

这时,刚才被风吹弯的烟柱已经变直了,衬着远方的天空,宛如一条软绵绵的黑线。

"我刚才说什么来着?"中尉边问,边心不在焉地望向身后——他的视线微微高于屋顶的矮墙,"我他妈的什么记性啊!"他嘟哝道。

一班的一名技术兵说:"嘿,没事,中尉,不用说了,我们已经明白了。"

斯特林打断那人的话:"闭上你他妈的臭嘴。要不要说,中尉自己知道!"

我现在才意识到,斯特林似乎完全懂得该怎么维护上级的威严。他不在乎我们恨他,他知道什么是必要的。他冲我笑了笑,露出一口整齐而洁白的牙齿,上面映着清晨的太阳。"长官,你刚才说,希望那些敌人会吓得顾不上开枪,直到……"中尉正要接着往下说,斯特林抢着说,"直到我们干光那帮狗日的!"

中尉点点头,然后猫着腰,小步跑下屋顶。我们匍匐回到原来的位置,继续待命。城里燃起了大火,但隔着无数的墙壁和胡同,看不清火源在哪儿。塔法市到处都在燃烧,黑色的浓烟汇成一股,形成长长的螺旋形烟柱,直冲云霄。

我们身后的东方,太阳升得越来越高。阳光温暖了我的衣领,烘烤着薄军服上凝结成条的盐块,并逐渐"裹住"我们的脖子和胳膊。我转过头,直直地望向太阳。虽然不得不闭上眼睛,但我仍能看见太阳的轮廓——黑暗中,一个白色的洞。最后,我转回头,重新面向西方,睁开眼睛。

一片布满沙尘的房屋中耸现出两座宣礼塔，活像一对举起的胳膊。城中弥漫着大火产生的烟雾，那两座宣礼塔时而清晰，时而模糊。那天早晨，它们在静静地"蛰伏"，没有传出任何声响，也没有传出阿訇召唤信徒祷告的声音。过去四天，弃城而逃的难民络绎不绝，排成的队伍有如一条长龙，但到那天早晨，路上已经见不着多少人了。只有几个老人，弓着背，拄着雪松木拐杖，在尸体横陈的空地和果园之间的那条路上蹒跚而行。两条瘦骨嶙峋的狗在那几个老人周围蹦蹦跳跳，不停地咬咬他们的后脚跟。挨了拐杖的打之后，那两条狗会暂时跑开，但接着马上又会"故技重演"。

就在这时，迫击炮弹又来了。我们周围顿时响起一片震耳欲聋的爆炸声。虽然这种情况已是家常便饭，但全排的人仍一脸迷茫，大张着嘴，紧紧地抓着步枪，面面相觑。那是个晴朗的清晨，战争似乎集中了所有力量，只对着我们这块地方大施淫威。我记得自己当时的感觉就像，在乍暖还寒的春日跳进了冰冷的河水里，浑身湿透，惊慌失措，大口喘气，完全不知道该怎么办，只能拼命往前游。

"趴下！"

我们下意识地摆出训练过的保护姿势：趴在地上，十指相扣抱住后脑，同时张大嘴巴，使耳膜两侧的气压保持平衡。

过了一会儿，爆炸声越来越小了。但直到最后一下回声彻底消失，我才抬起头。

我小心翼翼地望向墙外。与此同时，周围响起一片叫喊声："警报解除！""我没事！"

"巴特尔？！"默夫吼道。

"我没事，我没事。"我边喃喃地回答，边喘着粗气，俯视墙外。底下的空地布满了弹坑,那些破碎的死尸变得更加支离破碎,还有几棵刺柏被炸得连根拔起。斯特林跑到楼梯口,冲下面的中尉大喊:"你没事吧,长官!"接着,他又跑过来,边挨个拍打屋顶上我们这些人的头盔,边吼:"准备还击,你们这帮狗日的!"

我恨斯特林,恨他那么残忍,那么蛮横。但相比之下,我更恨他又是那么必不可少;恨自己需要他催促才能狠下心杀人,哪怕是在你死我亡的关键时刻;恨自己像个懦夫,需要他对着我的耳朵大喊:"干死那帮狗日的!"在斯特林的催促下,我会逐渐克服心中的恐惧,开始还击。看到他也在朝敌人射击,又笑又叫的,把满腔的愤怒和仇恨全都发泄在那块空地上,我就会不由得心生敬佩。我恨自己会产生这种感情。

接着,敌人在各扇窗户里现身。他们从拜毯后面冲出来,朝我们疯狂射击。无数子弹嗖嗖嗖地飞过来。我们低下头,听到那些子弹砰砰砰地打进混凝土和泥砖里。刹那间,土屑四溅。与此同时,敌人在遍地垃圾的胡同里穿梭逃窜,跑过一处处燃烧的油桶和塑料品。燃烧的塑料碎屑活像一簇簇蓟花,纷纷扬扬,散落在被踩得光滑的鹅卵石上。

那天,斯特林吼了很久,我才扣动扳机。我的耳朵早就快被刚才的爆炸声震聋了,所以朝眼前的空地打出第一发子弹时,我只隐约听到砰的一声闷响。子弹击中的地方立刻激起一小团尘雾,周围还有许多同样的尘雾。

数百发子弹打在地面、树木和房屋上,一时间,眼前尘土飞扬。沙尘中,一辆破旧的车变形并坍塌。房屋之间、黄白相间的汽车背后以及屋顶上不时冒出人影。那些人一露面,就会立刻被一团团尘雾包围。

一处院子的矮墙背后跑出来一个人。那人抱着武器,看了看四周,不敢相信自己还活着。我的第一反应是想冲他大喊:"你没死,哥们儿,快跑!"但与此同时,我又想到那样做会显得很奇怪。没过多久,排里的其他人也看到了他。

那人的周围顿时扬起一片沙尘。他左顾右盼,不知该往哪边跑。我真想叫大家停止射击,并质问他们:"我们还是人吗?"就在这时,我突然产生一种奇怪的感觉:我不是大人,而是小孩,被人救了;那人可能非常害怕,但我也很害怕,无暇顾及他的感受。我震惊地发现,自己正在朝他射击,而且根本停不下来,直到确定他死了。好在是大家一块把他打死的,无法确定到底谁才是打死他的那个人。想到这里,我感到稍微好过了一点。

但我心知肚明,是自己先打中那人的。中弹后,那人在墙背后应声倒下去。接着,有人也给了他一枪。子弹穿透他的胸膛,然后反弹出去,打碎了窗上挂着的一盆盆栽。再接着,那人又挨了一枪,然后以别扭的姿势——双膝跪地,身子却后仰——倒在血泊中,一边的脸颊几乎被打没了。

尸体横陈的空地和果园之间的那条路上,一辆破车朝我们开了过来。车子的后窗往外鼓着两块大白布。斯特林向屋顶对面的机枪跑了过去。我透过步枪的望远镜瞄准器观察那辆车,发现开车的是个老头,后座上坐着个老太太。

斯特林狂笑道:"来吧,狗日的!"

他看不见那两个老人。得冲他大喊,我想,告诉他车里坐的是老人,放他们过去。

但没等我来得及开口,子弹就已经打到那辆车周围坑坑洼洼的路面上,激起一片沙尘。有些子弹穿透了薄薄的钢板。

我什么也没说,只是透过步枪的望远镜瞄准器看着那辆车。车里的老太太闭着眼睛,手指拨弄着一串灰白色的珠子。

我不由得屏住了呼吸。

那辆车在路中间停了下来,但斯特林仍未停止射击。子弹从车子的这边射入,又从那边穿出。车身上留下无数枪眼,从枪眼透进车内的光束里飘浮着烟雾和沙尘。车门开了,老太太从车上跌落下来。她手脚并用,挣扎着朝路边爬去,汩汩流出的鲜血染红周围的沙土。接着,她不动了。

"天哪,那婊子死了。"默夫说。这句话里没有任何悲伤、哀痛、喜悦或同情的意思。他说这话,不是要表达什么看法,只是因为感到吃惊,就像睡了很长时间的午觉,醒来后,迷迷糊糊地发现世界还是原来的那个世界,一点也没变。鉴于我们都记不清那天到底是星期几,默夫本可以说"今天是星期天"。在当时那种情况下,这句话同样会引起大家的注意——我们会恍然大悟:啊,原来今天是星期天。但他说出了真相。要知道,那个真相跟那天是不是星期天并没有太大关系,而且由于很长时间没睡觉了,我们对那个真相根本没有太大感觉。

斯特林在机枪旁的墙背后坐了下来。我和默夫听着令人紧张的枪声逐渐变得零零星星,最后消失了。斯特林招手示意我们过去,并从裤子的大口袋里拿出一块干了的马德拉蛋糕,掰成三份。"拿着,"他说,"吃。"

烟雾升起来,接着开始逐渐消散。我看着老太太的身体在路边汩汩流血。沙尘无精打采地随风飘扬,接着开始微微打转。枪声再次响起。有个小女孩从一栋房屋背后走出来,朝路边的老太太奔去。那女孩一头红褐色的鬈发,身上穿着破破烂烂的无袖连衣裙。从其他位置射出的子弹在她身边激起团团尘雾,远远望去,仿佛朵朵枯萎的花。

我和默夫望向斯特林。他挥手示意我们离开,说:"去告诉那些混蛋,那只是个孩子。"

小女孩立刻躲回房屋背后,接着重新出现了。这回,她拖着脚,一步一挪的,走得非常慢。到了路边,她咬着牙,扭曲着脸,用没有受伤的那条胳膊使劲拽老太太的尸体,但怎么也拽不动。接着,她绕着尸体走了几圈,在沙地上留下一道道血印。她们经过的地方——从熊熊燃烧的车子那里穿过风信子环绕的院子,直到老太太躺着的地方——全都被血液染成了红色。最后,小女孩守在老太太的尸体旁,摇摇晃晃的,动着嘴唇,可能在唱什么沙漠挽歌吧,但我听不见。

泥砖和干瘦的男女尸体燃烧后产生了大量灰烬,落得到处都是。烟雾中耸立着那两座灰色的宣礼塔,天空仍像下雪天那样灰蒙蒙的。沙尘逐渐落地,远远望去,好像整座城市正在慢慢升起。我们的任务完成了,至少是暂时完成了。正值九月,有些树却落叶了。来自南面山坡的风和阳光中,树叶纷纷扬扬,从斑痕累累的细枝不断掉下,树叶上的沙尘随之飘落。我努力想数清迫击炮弹和炸弹到底震落了多少树叶,可怎么也数不清。

我看着默夫、斯特林和排里其他在屋顶的人。中尉走过来,拍拍每个人的胳膊,并像对待受惊的马群那样,柔声抚慰我们。当时,我们可能瞪着泪眼,龇牙咧嘴,有如一群愤怒的马。"干得好""危险过去了""我们都会没事的"——中尉说。很难相信,我们会没事；很难相信，我们刚才表现得很好。不过现在，我想起有人曾对我说过：事实就是事实，不管你信还是不信。

无线电再次响了起来。过不了多久，中尉就会向我们传达下一个行动命令。届时，我们可能会累得筋疲力尽，但还是得执行任务，因为我们别无选择。也许，我们曾经可以选择，走一条不同的人生之路，但那时，我们的命运已经确定了，尽管我们不知道将来到底会怎样。没等我们知道，天就要黑了。我和默夫活了下来。

此刻，我绞尽脑汁，努力回忆自己当时是否曾注意到任何蛛丝马迹，默夫身上是否笼罩着阴影，自己是否早就该知道他即将被杀。我的记忆中，在那处屋顶的那些天里，他已经是半个鬼魂了。但当时，我没有、也无法看出这一点。没人能看出来。现在回想起来，我庆幸自己当时毫不知情，因为在塔法的那个九月早晨，我们感到很开心。我们终于可以暂时松口气了。阳光明媚，我们睡着了。

二

二〇〇三年十二月

美国新泽西州迪克斯堡市

只需看一下开头，乡村邮递员拉登娜·墨菲太太就能发现，她收到的信不是出自儿子之手。事实上，她儿子并不经常给她写信，所以给她写那封信时，我猜想她可能没有多少可以比较的参照物。她儿子人生的头十七年，最远不过离开她几千米：八千米左右——丹尼尔①所处的位置和她最远的送信点之间的直线距离；算上矿井深度，十一千米——从布鲁菲尔德职业技术学校毕业后，丹尼尔曾在西普山矿工作过三个月，经常半夜下矿井。同年秋天，丹尼尔去了本宁堡——当时，那里是他到过的离家最远的地方。在本宁堡，丹尼尔偶尔会在熄灯前信手给母亲写封短信，讲讲他对红土的看法和在佐治亚州星空下睡觉的乐趣。时间允许的话，他还会在信中做一些保证，好让母亲放心，就像我和他当时那个年纪的人经常向家人做保证那样——我们的保证既是对家人说的，也是对自己说的。丹尼尔剩下的人生是跟我一块度过的。从在新泽西州列队时他出现在我身边的那天算起，总共十个月左右。我还记得遇见他那天，地上的积雪没过了我们的靴子，所以向左转、向右转的时候，我们脚下只发出轻微的沙沙声。从那天到他死去，总共十个月左右。十个月的时间看似很短，但我此后的整个人生将永远摆脱不了那段时间的阴影。现在，那些日子有如无休止的争吵，令我终日心绪不宁。

过去，我一直认为：人得先变老，然后才会死。直到现在，我

---

① 默夫的全名是丹尼尔·墨菲。

仍觉得自己过去的这个想法存在一定道理，因为认识丹尼尔·墨菲的那十个月里，他的确变老了。可能是想让事情显得合乎情理吧，我曾拿起铅笔，以一个死去男孩的名义，给那男孩的母亲写了封信。当时，我认识那男孩的日子不算短了，知道他不会用"妈"这个字称呼母亲。我知道很多东西，真的。我知道丹尼尔家所在的山区，每年十一月就会下雪——这是真的，有时十月就开始下了。但后来，我才知道他母亲是在纷飞的大雪中看那封信的。那天，他母亲把信放在副驾驶座上，然后开着右侧驾驶的吉普车，顺着之字形的山路绕来绕去，艰难地回家。头天晚上下了整整一夜的雪，他母亲的吉普车在白色的积雪上留下两条清晰的车辙。他们家的小屋位于一片正在"冬眠"的苹果树中——丹尼尔经常说起那片苹果树。驶上家门前那条长长的石子路后，他母亲不停地转头，瞥一眼旁边信封上的寄信人地址。身为一名乡村老邮递员，看到信封上的寄信人地址，他母亲当时肯定感到非常奇怪，总觉得自己看花了眼。刹车后，那辆一九八四年产的旧吉普车在雪地里继续滑行了几米。没等车子停稳，他母亲就用双手捧起信。那一刻，她感到既惊喜又害怕。

过去有段时间，要是你问我，是否认为下雪具有什么特殊意义，我可能会回答是的。默夫走进我生命的那天下着雪，他母亲看到我写的信的那天也下着雪。我可能会觉得这并非巧合，而是具有某种意义。当时，我可能并不相信自己的这个想法，但肯定愿意相信它。我们都乐于相信一再听到那句话：雪是种特别的东西。漫天飞舞的雪花中，没有两片是完全相同的，永远如此。我曾在自己的小屋里，透过窗户，观察下雪的情景：片片雪花仿佛鸽子中枪后掉下的羽毛，纷纷扬扬，慢慢飘落。在我眼里，那些雪花全都一模一样。

我现在知道，写那封信是件可怕的事。我不知道的是，跟自己做的其他所有可怕的事相比，这件事到底有多么可怕。有段时间，我曾不再相信，世上存在什么具有特殊意义的事情。秩序只是观察到的偶然现象。现在，我已接受了下面的想法：生命的某些部分是重复的，在不同的两个日子发生同样的一件事，并不意味着出现了所谓的奇迹。我真正能肯定的只有，不管自己活多久，也不管是怎么活的，天平的两端永远都不会达到平衡——人生是不公平的。默夫必将活到十八岁，也必将死去，而我则将带着永远不可能兑现的诺言，抱憾终身。

我从未打算许下所许的那个诺言，但那天发生了一件事。还记得那天，默夫原地转身，穿过队列的缺口处，站到我们班的队伍中、我的身边，然后抬起头。他在微笑。阳光流淌在那些小雪堆上，耀眼的光芒刺得他微微眯起眼睛。他的眼睛是蓝色的。经过了这么多年，我仍记得以下这个画面：他背着手，摆着稍息的姿势，转过头来对我说话。瞧他在我记忆里的样子，好像想说什么要紧话似的——不管说什么，都将比我此后听到的所有话都要重要。但其实，默夫当时并没有任何特别之处，而且只是轻轻地招呼了一声"嗨"。他个子才到我肩膀，所以听到那个声音时，我们的新班长斯特林中士并没有看见他，还以为是我在说话。斯特林咬牙切齿地瞪了我一眼，厉声喝道："稍息的时候，闭上你他妈的臭嘴，巴特尔！"后面的事就不用说了。总之，那天发生了一件事：我遇到了默夫。队列解散了。营房的背阴处很冷。

"巴特尔，墨菲，你们俩给我滚过来。"斯特林中士喊道。

斯特林是在调动命令下达后派到我们连的。他参加过把伊拉克赶出科威特的海湾战争，到过伊拉克，还得过勋章，所以即使军衔比他高的，都对他另眼相看。不过，我们敬重他，并不只是因为他到过伊拉克，还是因为他严厉但公平，而且认识越久，就越觉得他能力出众。斯特林跟军中其他士兵和军官并没有什么不同，只是比别人更"专业"。在银装素裹的硬木林进行野外演习时，他的整个上半身跟手中的步枪融为一体，脚下则时而原地转身，时而果断地迈步前进。一走到林中空地，他就会单膝跪下，不慌不忙地摘掉头盔，露出剪得很短的金发，同时边用蓝色的眼睛扫视林边的灌木丛，边侧耳倾听。每当那时，我就会盯着他，注意他的一举一动。我们整个排的人都会等着他做出决定。在他指出一个方向，让我们前进时，我们便会毫不犹豫地听从。不管他怎么走，我们都放心跟着他。

我和默夫走到斯特林面前，摆出稍息的姿势站定。"你，小鬼，"斯特林说，"我要你什么都听巴特尔的，明白吗？"

默夫看着我，没有回答。我使了个眼色，让他赶紧回答，但他没有反应。于是，斯特林对着默夫的脑袋抽了一巴掌，把后者的头盔打落在地。十二月的寒风卷起地上的积雪，在头盔附近飞舞。

"是，中士。"我替默夫回答，然后拉着后者，朝我们营的营房门口走去。营房门口的雨篷下，二排的几个人正聚在一块抽烟。斯特林在我们身后喊道："你们两个家伙真得上点心。这不是闹着玩的。"

我们走到营房门口，转过身，看见斯特林双手叉腰，仰着脑袋，闭着眼睛。天色越来越暗，但他仍待在原地，没有动，似在等待夜幕完全降临。

我和默夫走上营房三楼，走进我住的八人间宿舍。我关上宿舍的门。其他人都出去参加晚上的活动了，营房里只剩下我们。"你分到铺位和柜子了？"我问。

"嗯，"默夫回答，"在走廊的那头。"

"去换到我旁边来。"

默夫慢吞吞地出去了。我边等他回来，边琢磨待会儿该对他说些什么。我已经在部队待了两三年。对我来说，部队差不多是逃避人生的好地方。当兵这几年，我一直小心行事，上头怎么说，我就怎么做。没人向我提出过太大的期望，我也从未要求过什么回报。此外，我从没怎么担心过上战场的事，但现在真的要上战场了，我却还在努力寻找与此相关的、对于未来的紧迫感。我记得当时，进行新兵训练期间，其他人全都担心得要命，我却有种解脱的快感，因为我觉得，自己以后再也不用做什么决定了。这好像是自由了，但即使在那时，这种表面的自由仍让我心里难安。最后，我才知道，自由并不意味着不用担责任。

默夫抱着沉重的装备，跟跟跄跄地回来了。他有些地方长得很像斯特林，比如金色的头发和蓝色的眼睛，但跟斯特林相比，他显得普通很多：斯特林身材修长、匀称，默夫不是——他不胖，只是相形之下，显得矮墩墩的；斯特林的下巴简直就像教科书上的几何图形，默夫的五官却微微有点歪，尽管不太容易看出来；斯特林不苟言笑，默夫正好相反。也许，我看到的只是无处不在的现实吧：有些人优秀，有些人普通。斯特林属于前者，尽管有时，我看到这一现实令他自己大为光火。斯特林刚来我们连时，上尉向我们介绍说："斯特林中士肯定会登上他妈的征兵海报，弟兄们。记住我的话。"队列解散后，我经过他们俩身边，听到斯特林对上尉说："我永远不会叫人那么做的，长官，永远不会。"说完，他从上尉身边走开。向我们介绍过程中，上尉还说过，斯特林得了许多勋章——

上尉说这话时，嫉妒之情溢于言表。但我发现，斯特林的军服上并未佩戴任何勋章。战争同样需要普通人。

我们把默夫的装备放进柜子，然后面对面，分别坐到两张下铺上。头顶的荧光灯照得宿舍非常明亮。透过没有窗帘的窗户，可以看见外面的黑夜、雪花、几点路灯和对面几栋营房的红砖。"你家在哪儿？"我问。

"弗吉尼亚州西南部，"默夫说，"你家呢？"

"里士满[①]郊外一个屁大点的小镇。"

听到我的回答，默夫露出了失望的神情。"见鬼，"他说，"想不到你也是弗吉尼亚人。"

这话让我很生气。"是啊，"我不无得意地说，"我们算是老乡了。"话一出口，我就后悔了。我不想对他负责——我对自己都不想负责，何况别人。但默夫是弗吉尼亚人，这并非他的错。我开始铺开自己的装备。"你在老家那种偏僻的地方干过什么，默夫？"我开始用钢丝刷刷装备上所有的金属部件——细小的纽扣和系带的搭扣，清除因为趴在雪地里进行沙漠作战训练而出现的锈迹。就在默夫开始回答时，一个想法掠过我的心头：这种问题，要是有人当真的话，那就怪了。但等我回过头去看时，默夫已经数着那只小小的右手的手指，说起了自己做过的各种事情。不过，还没数到食指，他就停下了。"没了，差不多就这几件事，不多。"

我根本没在听默夫说话。看得出来，他感到很尴尬。只见他微微垂着脑袋，从柜子里拿出装备，学我的样子刷了起来。我们各刷各的，谁也没有说话。宿舍里只听得到钢丝刷刷在绿色尼龙和小金

[①] 弗吉尼亚州首府。

属部件上的沙沙声。我完全能够理解默夫的心情。生在穷乡僻壤，几件事就能把你这个人描述清楚，几个习惯就能填满你的人生，你肯定会有一种特别的羞耻感。卑微的我们，渴望拥有比沙尘弥漫的土路和微不足道的梦想更有价值的东西。所以，我们来到了这里。在这里，生活不需要苦心经营，别人会告诉我们做一个什么样的人。刷完装备后，我们平静而安心地睡觉了。

日子一天天流逝，我们离坐船出发的日期越来越近。上头对出发的具体日期仍然秘而不宣，但我们能感觉到，那个日期正在一步步逼近。战争近在眼前，而我们就像一群待婚的新郎。我们在雪地里训练；在早晨离开营房，去教室听人介绍不知名字的城镇，了解那里的社会结构和人口统计数据，因为我们将为那些城镇战斗。每次离开教室时，天已经黑了，太阳好像突然掉下来了似的，沉没在带刺铁丝网西面的某个地方。

在新泽西的最后一周，斯特林来宿舍看我和默夫。当时，我们正在收拾装备，准备把所有的东西都装起来，尽管我们知道以后根本用不着。此前，上头通知说，我们很快就会搞一次活动，以便出发之前，家人能最后来探望我们一次。剩下的唯一一件事就是最后一次打靶了，这是斯特林通过逐级递报，向上头建议的。看到斯特林进门，我和默夫懒洋洋地站起来，准备摆出稍息的姿势。他一摆手，示意我们不用那么做。

"坐下，兄弟们。"斯特林说。

我和默夫在我的铺位上坐下来，斯特林则揉着太阳穴，坐到我们对面的铺位上。

"你们俩多大了？"

"十八，"默夫立即回答，"我的生日是在上星期。"他笑着补充道。

　　我感到很奇怪，默夫竟然从没跟我说过生日的事。我又感到有点惊讶，他的年纪竟然这么小。我那年二十一，此前从未觉得十八岁是个多么小的年纪，直到默夫大声说出那个数字。我看了看坐在身边的默夫。除了下巴有颗痘，他脸上其他的地方很光滑。而且我发现，他从未刮过胡须。荧光灯下，他耳朵下方的脸颊上，柔软的绒毛泛着白色的光泽。我听到自己说了声"二十一"。此刻，回想当时的情景，我能感觉到自己那会儿是多么年轻。我能感觉到自己那布满伤痕以前的身体。摸着自己的脸，我能记起眼睛下方的皮肤曾是多么光滑，接着又是怎么破裂，再接着又是怎么愈合，变得有如龟裂的河床。"二十一。"我当时说。那会儿，我正年轻。不过，站在而立之年的门槛上回首过去，我能亲眼看到，当时的自己到底是什么情况：仅仅是一个人，甚至不是一个人。我当时的身体里是有生命，但那生命就像盆底的水，在几乎是空的盆子里不停地晃荡。

　　我和默夫困惑地望着斯特林。斯特林骂了一声"妈的"。我知道，他肯定比我们大不了几岁。"好了，听着，"他说，"你们俩是我的人了。"

　　"是，中士。"我和默夫异口同声地说。

　　"我们的作战区域刚刚下来了。那个地方他妈的非常危险。你们俩得保证照我说的去做。"

　　"好，那是肯定的，中士。"

　　"别给我含糊其辞，二等兵。不要说'那是肯定的'。直接告诉我，你们会照我说的去做，不——管——在——什——么——时——候。"斯特林边右手握拳，击打左手手掌，边一字一顿地说。

"我们会照你说的去做，我们保证。"我说。

斯特林深吸一口气，笑了。他的肩膀也微微放松了下来。

"对了，那个地方是哪儿，中士？"默夫问。

"塔法，在伊拉克北部，接近叙利亚。那里有大量的穆斯林武装分子。有时候，打得他妈的非常激烈。这些话，我本来不应该现在告诉你们的，但是我需要你们明白一些事情。"因为头顶上方就是铺位，斯特林只能低头垂肩地坐着。这使他的身子微微前倾，隔着擦得光亮的白色地砖，探向我和默夫。

我和默夫你看我，我看你，等着斯特林继续说下去。

"有人会死，"斯特林不带任何感情地说，"这是根据数据得出的结论。"说完，他站起来，离开了我们的宿舍。

我不知怎么就睡着了，但睡得并不好。我不时地醒来，望向窗外，看着冰霜在窗玻璃上逐渐凝结。天亮前几个小时，默夫叫过我一次，问我们是否会没事。我继续望着窗外，尽管窗玻璃上已结了一层薄薄的冰。冰的那面亮着盏昏黄的路灯，朦朦胧胧的。宿舍里冷飕飕的，我用粗糙的羊毛毯子裹紧自己的身体。"嗯，默夫，我们会没事的。"我回答，但并不相信自己的话。

天还没亮，我们就吃力地爬上连里的几辆"两吨半"军用卡车，前往靶场。头一天还在下雪，过了一夜，却下起了雨。我们用力拉扯兜帽，尽可能地盖住头盔。冰冷的雨点砰砰砰地打在我们身上，然后顺着军服的后背滚落，每一滴都似乎马上就要结冰了。一路上，谁也没有说话。

到了靶场，我们在灰白色的雪地里围成几圈，聆听安全指示。我感到很困，怎么也集中不起注意力。晨雾中，靶场长官们厉声训斥的声音此起彼伏，有如未经训练的合唱团在合唱。雨点打在枯叶上,光秃秃的树枝隐隐闪着亮光。靶场的士兵在弹药库里给枪上弹夹,金属碰撞声不断传来,并在冬天稀薄的空气中回荡不止。弹药库破旧不堪,外墙的白漆剥落了不少,令我不禁想起小时候、上学途中必经的那座乡村教堂。弹药库里传出的噪声非常陌生,听得我耳朵嗡嗡直响。到最后,靶场长官们说的话,我连一个字也听不见了。这时,斯特林和默夫已排进了上场打靶的队伍里。斯特林瞪了我一眼,用臂弯夹着步枪,指着手表说:"等着,二等兵。"

此前,斯特林一直尽心尽力地指导我们如何射击。我和默夫都得到了参军以来最高的合格分数。斯特林对我们的表现感到非常满意,显得很高兴。"要是四十分里面没有得四十分,那只能怪打枪的人。"他说。接着,我们三个人去了射击线下面的小山坡。斯特林不顾积雪,支着胳膊肘,半躺在地上,我和默夫则放松地坐在他脚边。"我看你们俩可能会没事的。"我和默夫沉醉于斯特林对我们的肯定,没有马上搭话。太阳仍高高地挂在靶场尽头的护堤上方。过了一会儿,默夫开始说话了。

"那边怎么样,中士?"默夫羞怯地问。他盘腿坐在雪地里,步枪搁在腿上,像抱布娃娃那样抱着。

斯特林一直在丢石子玩——从地上捡起石子,丢进我的倒放的"凯夫拉"头盔。听到默夫问,他笑着说:"天哪,这个问题还真他妈的不好回答。"

默夫的目光从斯特林身上移开了。

斯特林一本正经地说:"他们不会自己跳出来,等着你们射击。记住基本要领,你们就能临危不乱。刚开始很难,但其实非常简单。每个人都能做到。找个稳固的位置,瞄准,调节呼吸,最后扣动扳机。有些人事后会感到很难面对,但在当时,大多数人都不会考虑那么多。"

"想象不出来,"我说,"谁知道我们会成为有些人还是大多数人呢。"

斯特林顿了一下,说:"最好他妈的想象一下。"然后,他再次笑了起来,继续说:"你们得好好审视一下自己,找到性格中残忍的那一面。"

射击线上传来噼里啪啦的枪声,吓得附近的鸟群纷纷振翅逃走。鸟群栖身的树枝随之扬起,抖落许多积雪。太阳虽小,但明亮。刚才的大雨变成了淅淅沥沥的毛毛细雨。

"我们要怎样审视自己呢?"我问。

斯特林装出一副很不耐烦的样子,但看得出来,因为我和默夫打靶的表现还不错,他对我们的态度并不像平时那么严厉。"别担心,我会帮你们的。"说完,他似乎感觉到自己流露出太多的温情,于是调整一下姿势。这时,我的"凯夫拉"头盔已盛满了石子。

"妈的。"默夫说。

"我们得刻苦训练,训练,训练,再训练。"斯特林说着,往后一倒,让脑袋挨着地面,并把双脚跷到我的"凯夫拉"头盔上。

默夫刚要开口,我把手放到他肩上,抢着说:"是,我们明白了,中士。"

斯特林站起来,伸了个懒腰。他的后背全湿了,但他毫不在意。"都是他们的主意,"他说,"记住这一点。每次都是他们的主意。他们应该杀了自己,而不是我们。"

我不确定这个"他们"究竟指的是谁。

默夫看着地上,说:"那……那我们要怎么做啊?"

"别这么担心,姑娘们。你们俩只要抓着尾巴就行了。一切都会没事的。"

"尾巴?"我问。

"对,"斯特林回答,"让我来操那条狗。"

枪声消失了。最后的任务完成了。我们爬上军用卡车返回,心里憧憬着随后的活动和跟家人见面的情景。回营地的路上,我琢磨着斯特林刚才说的话。我不知道他疯没疯,但相信他很勇敢——现在,我终于知道他到底有多么勇敢。斯特林的勇敢很狭隘,却非常纯粹。那是本能的自我牺牲,没有什么理论依据,也无任何道理。仅仅是因为觉得,绞刑架的绞索更适合套住自己的脖子,他就会替别人受刑。

接着,我们举行了庆祝。基地体育馆里拉起了横幅,摆开了折叠桌。我们列队站着,家人则在一旁看着。营长发表了真诚而热情洋溢的、关于职责的讲话,随军牧师则用幽默的方式讲述了"我们的上帝和救世主基督耶稣"的悲伤故事。吃的东西有汉堡和薯条。大家都很开心。

我弄了盘食物给我母亲,并坐到她对面。不远处的人群中,母亲们靠在儿子们的肩上,父亲们则双手叉腰,面带微笑。我母亲哭个不停。她很少化妆,那天却破了例,所以眼窝周围留下了条条泪痕。在基地停车场,坐在我家那辆破旧的金色"克莱斯勒"里时,母亲肯定用手腕擦过眼泪,因为她的手腕被涂得脏兮兮的。

"我叫你不要参军的,约翰。"母亲说。

我咬了咬牙。那时,我仍然很叛逆。我从十二岁就开始叛逆了,发展到最后,对什么都感到厌烦,于是打电话叫辆出租车,离家出走。在那之前,从未有出租车光临我家门口。"事情都已经发生了,妈。"

母亲顿了一下，深吸一口气。"嗯，我知道，"她说，"对不起。我们说点开心的吧。"我的两只手都放在桌上，她含泪笑着拍了拍我的手背。

我们说了些开心的话。我感到放松了不少。打靶的头天晚上，我很晚才睡，无精打采地呆坐着，设想未来的种种可能。我一会儿肯定自己会死，一会儿肯定自己不会死，一会儿又肯定自己会受伤，最后对什么都无法肯定了。我唯一能做到的，就是竭力克制着，不让自己站起来，在冰冷的地砖上来回踱步，不让自己望向窗户，在雪或灯光中寻找什么预兆。整个晚上，我始终无法肯定未来到底会怎样。但对自己惧怕什么，我却非常肯定：我惧怕自己会死，母亲得白发人送黑发人，埋葬她以为至死都非常生气、死不瞑目的儿子；我惧怕母亲会揭开国旗，看着我的尸体缓缓没入弗吉尼亚褐色的泥土里；我惧怕母亲会听到别人为我鸣枪致哀，并因此想起我甩门而出的声音——我那年十八岁，她当时正在后院摘篱笆上的忍冬。

我走到体育馆外面，打算抽支烟，顺便送母亲离开。我亲了亲母亲的脸颊，并吃惊地发现自己竟然亲得那么用力。"你得把烟戒掉。"母亲说。

"知道了，妈，我会戒掉的。"说完，我用靴子底踩灭了点上的"樱桃"。母亲抱住了我。我闻着她头发和身上香水的味道，恍如回到了家中。"放心吧，一到那儿，我就给您写信。"

母亲一步一步地离开我身边，并向我挥手告别，然后转过身，朝停车的地方走去。我记得自己当时目送她离去，看着我家的那辆车转了个弯，驶出停车场，驶经操场，接着又转了个弯，驶向基地大门处的岗亭，车后的尾灯变得越来越小，最后消失了。我又点了支烟。

那时，除了默夫的母亲和其他几个我不认识的人，家属基本上走光了。我看见默夫拉着他母亲，在体育馆里到处走来走去。每经过一小群人，默夫就放慢脚步，飞快地看一眼，然后继续往前走。直到看见他转向我，对他母亲动了动嘴唇，我才意识到，他们原来是在找我。于是，我离开椅子，站起来，等着他们从举行庆祝活动的篮球场的那头走过来。

介绍认识后，拉登娜·墨菲太太紧紧地拥抱了我。她个子很小，脸上能看出风吹日晒的痕迹，但比我母亲年轻。抱了一会儿，她抬起头，笑容满面地望着我，露出两排因为抽烟而微微发黄的牙齿，但胳膊仍缠在我腰上。她把没有光泽的金发盘成了一个圆发髻，下身穿着牛仔裤，上身穿着蓝色工作衫，工作衫的纽扣都是扣好的。

"还剩下五分钟，各位！"一个军士喊道。

默夫的母亲放开我，激动地说："我真为你们感到骄傲。丹尼尔经常跟我说起你的事。我感觉，自己好像早就认识你了。"

"是啊，太太，我也一样。"

"听说你们的关系越来越好了？"

我望向她身后的默夫，后者抱歉地耸了耸肩。"是啊，太太，"我回答，"我们是一个宿舍的，经常在一块儿。"

"对了，我跟你说，要是你们需要什么东西，我会给你们寄的。你们会收到比任何人都要多的包裹。"

"那我先谢谢您了，墨菲太太。"

这时，斯特林喊默夫过去，帮另一个二等兵打扫篮球场三分线周围红、白、蓝三色混杂的彩纸纸屑。

"你会照顾他的,对吗?"默夫的母亲问。

"呃,会的,太太。"

"丹尼尔在部队的表现好吗?"

"嗯,太太,他的表现非常好。"我怎么知道啊,太太?我真想这么对她说。我几乎不了解那个家伙。别再问我问题了,别问了。我不想担责任,我也担不了任何责任。

"约翰,请向我保证,你一定会照顾他的。"

"没问题。"我就知道你会答应的,她心里肯定在想,既然你这么说了,那我就可以回家安心睡大觉了。

"他不会有事的,对吗?请你保证,一定会把他活着带回家。"

"我保证,"我说,"我保证一定会把他活着带回家。"

从体育馆回到营房后,我发现斯特林正坐在前门门廊上。我停下来,打算抽支烟。"今天晚上还凑合,是吧,中士?"

斯特林站起来,开始来回踱步。"我听见,你在跟二等兵默夫的老妈说话。"

"嗯,是啊,我跟她说了几句。"

"你不应该那么做的,二等兵。"

"什么?"

斯特林停下脚步,双手叉腰,说:"拜托,保证?真的?你他妈的是谁啊,向她做那些保证?"

我的火一下就上来了。"我只是想让她觉得好过些,中士,"我反驳道,"有什么大不了的。"

话音刚落,斯特林立即把我摔倒在地,对着我的脸连打两拳,一拳打在眼睛下方，一拳正打在嘴上。我感觉斯特林的指节重重地抵着我的嘴唇，接着感觉自己的门牙深深地刺进上唇，腥热的血液随之流进了嘴里。我的嘴唇立刻肿了。打第一拳时，斯特林右手的戒指划破了我的脸。这时，血液汇成一股，顺着脸颊淌过我的眼角，流到雪地里。斯特林叉着腿，跨站在我的身体上方，边俯视我，边在寒冷的空气里甩着手，以减轻疼痛。"尽管去举报，我他妈的根本不在乎！"

我躺在雪地里，辨认天上的星座。营房的各扇窗户透着灯光，旁边小路上还有两排路灯，但有些星星并未因此而显得晦暗不明。我能看见猎户座和大犬座。熄灯后，我又看见了另外一些星星。我看到的，是那些星星在至少一百万年前排列的位置，我很想知道它们现在是怎么排列的。在雪地里躺了一会儿后，我爬起来，吃力地走上楼梯，回到宿舍。默夫还没睡，但也没有开灯。我脱下军服，扔进柜子，然后钻进硬梆梆的被子里。

"今天晚上挺有意思的。"默夫说。我没有搭话，稍后听到他在铺位上转了个身。"你没事吧？"

"嗯，没事。"我望向窗外。营房之间整齐地种着几排常青树。我透过树梢，望向夜空。我知道自己看到的星星中，至少有一些早已消失得无影无踪了。我觉得自己好像正在看一个谎言，但我并不介意。这个世界让我们全都变成了撒谎的骗子。

三

二〇〇五年三月

德国莱茵兰-普法尔茨州凯撒斯劳滕镇

离开塔法没多久，我就产生了一种奇怪的感觉，而且非常强烈。最初产生那种感觉，是在空军基地通往凯撒斯劳滕镇的公路上。出租车窗外闪过的一棵棵树，模糊得就像一团团银灰色的影子，但我能清楚地看见，绿色的萌芽正从残冬的束缚中挣脱出来。这让我想起了那场战争，尽管离开战场才一周的时间。当时，潜意识里，离开战场越远，我越容易想起那场战争。现在想想，我觉得自己的记忆就跟别的东西一样，也会不断"生长"。寂静的出租车里，看着窗外掠过的那些小树，我不禁想起了那场战争和一年到头都是秋季的沙漠。在塔法，每一天都极不平静，而且沙尘遮蔽一切，所以就连正在开花的风信子，我也只是听人说过，从未亲眼见过。

当时，我本以为四季分明的温带地区可能会舒服一点，其实不然。德国三月湿冷的空气令我感到很不适应。中尉吩咐虽然第二天才走，但那天，我们得在基地待着，不能出去放松。不过，我还是决定出去放松一下，因为那是我应得的。

我走了大约八百米，才走出安全门，又走了一千六百米，才看到左边出现了一排房屋。天空比从飞机上看到的要阴暗些，空气里弥漫着薄雾。从飞机上看到的太阳又红又大，但这时，太阳躲到了仿佛浅煤灰色素描图案的云朵背后。那排房屋的色彩超出了我的想象：墙体刷成浓重的奶油色和黄色，周围镶着一圈淡雅的边饰。我朝凯撒斯劳滕镇走去，路上不时地经过灯光柔和的咖啡馆和独自赶路的行人。咖啡馆飘出的强烈气味，令人有种温馨的家的感觉。行人拉着雨衣的领子，紧紧裹住脖子，边走边用目光打量我。他们无一例外，跟我全都不是同路的。

那天，顺着成排高大而整齐的松树和桦树，独自在雨中行走，我感到非常惬意。见到镇上的居民后，我又开始产生某种平静的感觉。当时，我说不清那到底是什么感觉，但现在回想起来，那其实是一种默默无言的平静的感觉。我跟镇上的居民迎面相遇，我们的目光短暂交汇。我的靴子跟触地的声音，因为脚下的鹅卵石或胡同两边的墙壁而显得尤为响亮。接着，我们的目光便会彼此分开，重新望向各自脚下的路。那些居民会根据晒成亚麻色的皮肤，看出我是美国人，心想：没必要说话，那人听不懂的。我则会在心里说：谢谢你们不说话，我感到很累，不知道该说什么。就这样，我跟那些居民彼此擦肩而过，无一例外。想到这种孤独是有理由的——纯粹是因为语言不通造成的，我胸骨后面的某个地方感到释然了。但由于另一个不同的原因，我的孤独感还会持续一小会儿。

我走到一个环形路口。边上停着两辆未熄火的待客出租车。我敲了敲第一辆车驾驶座那侧的窗玻璃。车里的司机是个大眼睛、小嘴巴、嘴唇薄得几乎没有的男人。他坐直身子，摇下车窗，微微探出头。我双手插在牛仔裤的前袋里，凑上去，轻声说："去凯撒斯劳滕镇。"那一刻，我跟司机离得非常近，几乎就要挨着了。他说了句什么话，但我听不懂。"不要说话。"我用仅知的一点德语说。司机叹了口气，笑着朝后座挥了挥手。我上了车。

正是在那段短短的路程中，我产生了一种奇怪的感觉。一路上，车里寂静无声，我和司机没有寒暄，车上的收音机也未打开。

我头倚车窗，看着自己呼出的水汽在玻璃上逐渐凝结，于是伸出手指，在布满水汽的玻璃上画了几段弯弯扭扭的线条——一条边接一条边，最后画出了一个四方形，看着好像车窗上还有扇小窗。望向路边的那些树时，我突然身子一紧，不由得开始冒冷汗。我清楚自己的处境：正在德国的一条公路上，开了小差，等着飞回美国。但我的身体不清楚，只知道：正在一条公路上，在路边，又一天。我的双手不自觉地摆出了握枪的姿势。我在心里告诉双手，这里没有步枪，但它们不听。我不停地冒冷汗，心脏怦怦直跳。

我当时应该感到高兴才对，但除了心悸和微微的麻木，我记不起自己当时还有什么其他感觉。我感到很累，但路边那些模糊的、银灰色的树透着勃勃生机，而且一棵接一棵，连绵不绝，给了我些许安慰。我真想跳下车，去摸一摸那些树的树皮——它们一定很光滑。天仍奇怪地、断断续续地下着雨。我真想走进雨中，任雨滴落到晒黑的脖子和手上。

我和司机一路无言，我的双手不时颤抖。最后，司机在一条大路边放下我。那天下午阴沉沉的，灰蒙蒙的房屋上方只露着半个太阳。街上亮着几盏路灯，洒下微弱的灯光。付了车钱后，我开始朝镇郊走去。眼前的道路，时而阴暗，时而能看见从云层透射下来的阳光和毫无作用的路灯灯光。等走到托尔纳街尽头时，阴影和亮光的分布变得很有规律了。我也走得更有节奏了，暂时忘记了所有的烦恼。斯特林和另外几个人可能也会溜出来，到酒吧玩乐。我希望不会遇见他们。这不仅是因为我开了小差，还是因为一想到斯特林，苦涩的胆汁就会涌上来，灼烧我的喉头。

走着走着，我的右边出现了一座很大的主教座堂。街上冷飕飕的，所以我躲进了教堂。里面光线暗淡，就跟外面一样阴暗。我在门厅找了本用英德双语介绍教堂历史的手册，然后尽量展开，遮住自己，并快速坐到耳堂①最后面的一排长椅上。一群学生正在参观教堂。虽然导游说的是德语，但我还是借助手中的册子，努力去理解她的解说。

教堂很古老，两边各有一排高高的窗户。耳房和中殿里，阳光从红蓝相间的彩色玻璃窗透射进来。太阳已经西移，透射进来的阳光未能照到大理石地面上，而是在那些高高的拱顶和刻有图案的柱头处交汇，看着仿佛是由左右两块拼接而成的。那群孩子的脚步有点乱。光线里飘浮着他们踢起的灰尘。

教堂那头，一位神父正在圣坛后面，为某个仪式做准备工作。我看着他收起各处的香烛，整齐地放到身后的小桌上。

这时，导游让学生们停下，并指了指她自己的嘴巴、耳朵和眼睛。看她那样子，好像依次亲吻了自己的声音、听觉和视觉。导游、那群孩子和我全都静悄悄的。似乎是因为突如其来的寂静，神父注意到了我们。接着，那群孩子顺着墙壁动了起来。他们中的大多数人都在咯咯笑着互相打闹，另一些人则对着圣人的画像"哇""啊"地惊呼。那群孩子边走边看，而我边看着手册里一位位圣人的名字，边努力想象自己是其中一个年幼的孩子，正在听人介绍那些圣人的事迹。

教堂墙上挂着塞巴斯蒂安的画像。英俊的他，胸口挂着几支箭，伤处流出的血液，看着就像滴落之后凝固的蜡烛油——那些蜡烛油硬得能把人永远挂在教堂墙上，垂死一千年。墙上又有圣女德兰的画像，她因为火焰炙烤伤口而呻吟。还有圣约翰·维亚奈的画

---

① 十字形教堂的横向部分。

像。正直的他，曾是拿破仑麾下的士兵，后来逃离军队，做了神父，每天聆听二十小时的告解。他死后，心脏被简单地放在小玻璃盒里，单独供奉于罗马。那颗心脏一直完好无损，没有腐烂，只是不会跳动。

阴冷的教堂里，那群孩子再次"哇"地惊呼起来。一团白雾随之升起，隐约遮住了教堂那头的圣坛和从彩色玻璃窗透射进来的、暗淡而呈粉红色的阳光。接着，白雾消散了。在这之前，随着一个细小的声音，也曾升起过一小股雾气，但不一会儿就在我们头顶上方消失得无影无踪了。那群孩子的鞋后跟啪嗒啪嗒地落在大理石地面上。我抬起头，望向头顶上方的拱顶、圣人画像和四处蔓延的金丝饰线——那些金丝饰线乱得就像没人打理的常春藤。我看到了一句话：你见到的所有金子都是真正的金子。我把那句话出声地念了一遍，然后低头继续去看手册，却发现上面已没有其他内容了。那句话就是整本手册的结束语。

我埋头看手册的过程中，神父从圣坛后面走了过来。折起手册后，我猛抬头，冷不防发现他就站在身边。神父个子很小，戴着金丝眼镜，正低头看着我，闭着嘴微笑——可能是表示同情的微笑，也可能是出于屈尊俯就心理的微笑。"这里不能抽烟。"他说。

"什么？噢，妈的，对不起。"我这才意识到，自己不知什么时候点了支烟。教堂里光线暗淡，红彤彤的烟头显得格外扎眼。我对着自己的靴子掐灭烟头，并把香烟放进口袋。

"我能帮你什么忙吗？"

我会去教堂，那位神父肯定感到很奇怪。"不，我只是随便转转。我今天休息。"我撒谎道。

神父指着我手上的册子，问："这座教堂的历史很有意思吧？"

"是、是啊,"我结结巴巴地回答,"很有意思。"

神父伸出手,说:"我是贝尔纳德神父。"

"巴特尔,二等兵巴特尔。"

神父在我所坐那排长椅的尽头坐下来,轻声笑着,理了理腿上的裤子。"从某种意义上说,我也是一名二等兵[①]。"

我愣了一下,然后说:"噢,没错。"

"我能跟你说句实话吗?"

"当然可以。"

"你看上去,好像遇到了什么麻烦。"

"麻烦?"

"嗯,你好像有心事。"

"我不知道,我觉得自己没事。"

"我有经验。要是你愿意的话,我们可以谈谈。"

"谈什么?"我问。

"由你决定,谈什么都行。"

我发现自己一直在不停地扳左手的手指,把指节弄得噼啪作响。"我不知道,神父。天主教方面的事,我真的一点也不了解。我不是天主教徒。"

神父笑着说:"是不是天主教徒,没有关系。我曾经许过诺言,任何人都可以告诉我他不想对别人说的事。"

我从前面那排长椅的一根杠上抠下一块油漆。"我想那是好事。我是说,您做的是好事。"

"有句老话,你可以听听。"

[①] 二等兵(private)是美军最低级别的士兵,而神父是天主教最低级别的神职人员,所以文中的神父会那么说。

"怎么说的？"

"秘密越多，病得越重。"

"任何事都有一句对应的古话，对吗？"

"是的。"神父说着，再次笑了起来。

我想了一会儿，问："您的意思是说，呃，我应该做一次告解？"

"那个，不是，不是……就是……随便谈谈。"

"我刚犯了一个错误。"

"谁都会犯错的。"神父说。

"不，"我说，"不是每个人都会犯错的。"

导游和那群孩子早已排成一队，离开了教堂。外面的天已经黑了。衬着暗淡的灯光和烛光，天花板下方的窗户有如一个个黑洞。

我坐在长椅上，身子靠着椅背。神父坐在长椅的尽头，跟我相隔不远。烛光摇曳，教堂里阴冷而潮湿。我感到很奇怪，自己竟会来到这里，同时又有种身处异国他乡的陌生感，强烈得令人难以承受。我真想冲出教堂，但并未那么做。

我和神父都默不作声，气氛非常尴尬。"谢谢您的好意，不过，我得回去了。谢谢您，神父。要是不赶紧回去的话，我会受罚的。"说完，我转过身，举步走出耳堂，朝教堂正门处的大木门走去。除了我的脚步声，周围一片寂静。就在这时，神父在我身后喊道："你想让我为你祈祷吗？"

我边想着神父的话，边打量四周。那是座漂亮的教堂，我很久没见过如此美丽的地方了。但这是种令人悲哀的美，一如所有为掩盖其存在的险恶目的而创造出来的东西。我从口袋里拿出刚才看的手册。那座教堂的所有历史都写在上面了，三页纸记录了整整一千年——某个可怜的笨蛋不得不从芜杂的历史中选出值得记录的事件，然后又不得不用简洁的语言写出来，以备任何可能想知道教堂历史的人翻阅。随着日子一天天流逝，我对自己的历史感到越来越迷茫了。现在回想起来，我当时本可以采取一些措施的。我的历史本来应该很清楚的：这件事发生了，我在这里，接着那件事发生了……所有这一切，最终不可避免地造就了现在的我。我本可以在教堂外面的街上抓一把泥土，在圣坛上收集一点滴落的蜡烛油，从摆动的香炉里抓一些香灰。我本可以把自己的历史好好梳理一番，找到某条最基本的线索，以说明自己在"这个地方"或"那个时间"做了什么。但上述那些事，我一件也没做。不过当时，我对任何事都不再感到确定了，所以就算手里抓着泥土、蜡烛油或香灰，也毫无用处，只会弄脏自己的手。站在教堂里，我突然领悟到：所记住的、所说的和事情的真相之间，存在天壤之别。我觉得，自己永远也弄不清到底哪个是哪个。

"不用了，先生，不用了。"我感谢神父的好意，但一如所有的好意，那份好意似乎带有强迫的性质，因而毫无意义。

"那你的朋友呢？"

"我以前有个朋友，您可以为我的朋友祈祷。"

"他叫什么？"神父问。

"丹尼尔·墨菲，我的战友。他在塔法被杀了。他死得……"我望向墙上的那些圣人画像，说，"他是怎么死的，并不重要。"整座教堂一片漆黑，只有那些蜡烛和几盏昏暗的电灯散发出几个球状的光圈。

我仿佛看见默夫的尸体正顺着底格里斯河，漂向那个弯头，漂过葬着约拿①的那座小丘的倒影。默夫的两只眼睛变成了杯状小旋涡,河里的鱼也早已开始啃噬他的肌肤。我感到自己有责任准确无误地回想起对默夫的记忆,因为所有的记忆都具有意义,因为其他人永远不会知道他当时出了什么事,甚至连我也不知道。但直到现在,我仍无法准确无误地回想起对他的记忆。我努力过,但没有用。我又试图忘却那些记忆,但那些记忆反而变得更加清晰,更让我不得安宁。我寝食难安,但那又怎么样呢?是我罪有应得。

"那我应该祈祷什么?"神父问。

我再次想起了斯特林。"操他们,"我低声骂了一句,然后转过身,对神父说,"谢谢您,神父。您想祈祷什么就祈祷什么吧,只要您觉得不是浪费时间就行。"

我低头看着自己的脚,在鹅卵石铺成的街上往前走。现在回想起来,当时肯定有人看到了我。我自己也觉得好像听到了一些倒抽气的声音,但始终没有抬头。我没有勇气抬头。我是完全孤独的。

我漫无目的地走着,最后在镇郊附近看见了一片柔和的灯光。那是从一栋房子的红色窗帘透射出来的。那些微开的窗子里还传出一阵阵歌声和女人的声音。我并非专门去找那个地方的,但记得在塔法时,有个侦察兵给过我那里的地址。当时,他把地址写在从烟盒撕下来的盒盖上。也许潜意识中,我本来就打算去那里的吧。我很想干点什么不一样的事。我点上一支烟,在那栋房子前站了几分钟。天仍下着毛毛细雨,我就快浑身湿透了。连烟头都淋湿了,一

---

① 《圣经·旧约》记载的先知。

不小心就会熄灭。我得用力啜吸，才能保证烟头不灭。

听里面传出的声音，进去的话，可能会玩得很高兴的。但那时，我已经开始对人群感到紧张了。要是默夫在这里就好了，我想。但默夫并不在那里。他永远不可能在那里的。只有我一个人。

也许，要是发生在塔法的事稍微有点不同，默夫当时可能就在那里了。但我们的愿望无法左右事情的发生。虽然出于自古以来的本能，我努力想琢磨出一个复杂的解释，以消除心中的极度困惑，但事实就是那么简单。

那个道理还是默夫告诉我的。当时，我们站在满地尸体前面——阳光下，残缺而发白的尸体横七竖八地躺了一地，望去就像水上漂着的一根根浮木。"不是不能做的，那就是必须做的。"默夫当时嘀咕道，声音几乎细不可闻。那句话，他不是特意要说给谁听。那个时候，他沉默寡言，很少说话，所以只要他一开口，我就会仔细听。自那天以后，我老是想起默夫说的那句话，但怎么也琢磨不透到底是什么意思。直到来到凯撒斯劳滕镇，站在那栋透出灯光的房子前，我才突然明白了。世人总是这样，我想，非要走弯路，其实真相就摆在眼前，非常明了：未来是不确定，根本没有命运，也没有人会伸出布满青筋的手帮助我们，我们只能看着事情一件件地发生。但仅仅知道这点并不够，我努力想让这个道理具有某种意义，就像多年前，那些人可能在德国做的那样：从各种奇怪的现象中寻找某个模式；用炭灰和浆果汁当颜料，涂抹自己的脸——那些浆果是在春天从冰雪融化的山谷中摘的；站在盖着杂草或树叶的尸体旁，等着男女老少的尸体被点燃——那些尸体上面都压着石头，以防火焰和燃烧时产生的热气、噪声使他们从"沉睡"中突然惊醒。

就在我胡思乱想时，房子的门开了。一个男人走出来，并拉低帽檐，遮住自己的脸。看见我时，那人又竖起了外套的领子。这样一来，他整个人看上去，只剩下一个裹着布料、匆匆赶路的人影。门没有关上，透过门缝，我能看见里面的情况：几个女人笑着走来走去；一些男人坐在破旧的座位上，搓着手，等那几个女人端上酒水，坐到他们的腿上；女人过来后，那些男人就会身子后仰，张开双臂，搂抱她们。房子里传出吵闹的铜管乐，我循声走了进去。

对面的墙壁那里搭着个临时小吧台。我坐到其中一张高脚凳上。刚坐下，凳子的皮面子就裂开了，掉下来几大块。吧台后面的女孩对我说了什么，但我听不懂。里面很吵。女孩上下打量着我。我坐在那里，没有回答。女孩的头发是红色的，很细。虽然屋里烟雾缭绕，但还是能看出，她的头发泛着光泽。那头红发垂至肩膀，不是很直，看着不像天然的直发，而是烫直的。看到这里，我脑中浮现了一个画面：那女孩在走路，头上一绺绺光滑的鬈发一甩一甩的。女孩皮肤很白，脸上长有雀斑，右眼下面有块深紫色的淤青。

"有威士忌吗？"我问，但立刻被自己的声音吓了一跳——我的声音听着既低微又胆怯，在烟雾缭绕、音乐吵闹的屋里几乎细不可闻。不过，女孩似乎还是听到了，走过去拿摆在酒柜最上面一格的酒。我摇摇头，指着下面，说："下面的。"她给我倒了一杯。我痛饮一口，直到酒精温暖了喉咙、开始灼烧肠胃，才放下杯子。女孩连一下也没对我笑。我看着她在屋里转来转去，挨个碰一下那些商人和毛头小子的胳膊，而那些商人和毛头小子则搂着其他的女孩，边喝酒，边等着她去碰他们的胳膊。我猜，也许是因为眼睛受伤或其他什么缘故，那女孩今晚可能不用陪客了。

很长一段时间里，吧台就我一个客人。不给我加酒的时候，那女孩就靠在墙上，白皙的双臂抱于平坦的胸前。她不怎么看我，就算偶尔瞧我一眼，等我回以目光时，她也会立刻转移视线。那双眼睛是蓝色的，布满血丝。几杯酒下肚后，我开始跟她搭讪，问："你没事吧？"我说话开始变得不利索了。

女孩没有回答。我跟她唯一的交流就是，我每喝完一杯，她会举起酒瓶，皱皱眉头，意思是问要不要加酒。

突然，从楼梯的墙壁传来一阵碰撞声。有个人一会儿倒向楼梯的这边墙壁，一会儿又倒向楼梯的那边墙壁，跌跌撞撞地冲下楼来。那人竟是斯特林中士。但见到他，我并不怎么惊讶。部队里，听说过这个地方的人，不可能只有我一个。斯特林光着膀子，嘴角带着血丝，左手提着瓶透明的不知什么酒。天花板上吊着几盏没灯罩的电灯，不停地晃来晃去，洒下一片清寒的黄光。斯特林手上的酒瓶，在这黄光和满屋子的烟雾中闪闪发亮。看见我后，他龇牙咧嘴地吼了一声"二等兵巴特尔"，把我吓得差点跌下凳子。听得出来，楼上还有几个人。我看到斯特林先是愣了一会儿，接着，醉眼迷离的脸上闪过了认出我来的神情。我暗暗祈祷，他会转过身，回楼上去，但又知道自己的祈祷从不灵验。斯特林走下楼梯，然后猛地拉过一张凳子，贴着我坐下，并死死地搂住我的肩膀。他呼吸沉重而急促，胸口的文身不停地上下起伏，但仍在咧嘴大笑，露出一口洁白的牙齿。与此同时，他大睁着布满血丝的眼睛，眼珠紫得有如干了的薰衣草花枝。

斯特林还在楼梯上时，招待我的女孩就已经退离了吧台，以躲开他。这时，斯特林放开我，突然扑向吧台后面。"今天晚上不接客了？"他口齿不清地对那女孩说，"嗯？婊子？不接客了？"说着，斯特林用空着的那只手一把抓住对方的脸，开始死命揉捏，女孩则努力想挣脱他的手。女孩两边的脸被斯特林的手指抓得通红,并深深地陷进上下两排牙齿之间。泪水从掉了一些的睫毛膏上流了下来,但女孩仍绷着瘦削的下巴,紧闭嘴唇,竭力挺直身子。

"斯特林中士,"我结结巴巴地说,"过来一起喝一杯吧。"我看得出,斯特林听到了我的话——他耳朵后面的肌肉动了动,后脑勺两侧没有头发的皮肤也微微皱了皱。但他仍未松手。于是,我深吸一口气,把周围浑浊的空气用力吸进肺里,然后喊道:"过来,傻逼!过来喝一杯!"

松手前,斯特林猛推了那女孩一把。女孩的脑袋随之砰的一声,重重地撞到吧台后面的墙上,把墙上的灰泥都撞裂了一点。女孩开始绕着吧台逃跑,但斯特林一把抓住了她的胳膊肘。接着,斯特林边使劲掐女孩的胳膊肘,逼得她不得不伸直胳膊,边嘟囔道:"给我回来。"女孩终于忍不住,轻声哭了起来。她脸上的那片红指印,看着好像小丑脸上画的苦笑。沾上睫毛膏的泪水,在她眼睛下面留下了两道黑色的污痕。斯特林坐到我身边,重重地拍了一下我的背,然后抓住我的脖颈,吼道:"这里他妈的真是人间仙境啊,二等兵!"

此时,其他人早已走光了:有些客人跟那些女孩上楼了,其他客人因担心跟一帮喝醉的美国兵在一起会惹上事,悻悻地走了。吧台后面的时钟显示,那会儿已快凌晨两点。

"这里才是真正自由的地方啊,英雄,"斯特林大笑道,"啊,我爱这里!"

我身上开始散发出威士忌温暖而辛辣的酒味。斯特林静静地坐了一会儿。我点了支烟。昏黄的灯光下,香烟的烟雾升起来,飘浮在我们头顶上方。那女孩背靠着墙壁滑下去,蹲到地上。

"嘿,你还记得在食堂,看到那个女穆斯林引爆自己身上的炸弹时，他的表情吗？"

"谁的表情啊？"我问。

"默夫啊。你不会忘了吧，哥儿们。默夫的表情啊。"

"记不太清了，中士。那一天太晦气了。"

"该死。那个穆斯林直接被炸没了，二等兵。'嘭'，没了，"斯特林用两条胳膊紧紧地搂着我的脖子，继续说，'嘭'，没了。"

"是啊。"

"他的表情实在太滑稽了。"

"我记不起来了。"

"我还以为，你跟那些脑残天才一样，能记住所有事情呢。"

我想让斯特林就此打住，说："你喝多了，中士。"

"是的，但是你现在看到坏人的下场了吗？"

"看到了，嗯，确实看到了。"

"我是这里的头儿。"

我紧张地笑着说："我知道。"

"当我是头儿的时候，事情就不会出现任何差错。当我任由别人说服我做那些蠢事……我们他妈的就遭到了隔离。"

我努力想转移话题，问："你怎么突然想起默夫来了？"

"操他妈的默夫。"

我没有说话。

"我们知道发生了什么。除此以外，我们什么也没得到。"

斯特林喝醉了。我以前从未见过他当时的那副样子：濒于崩溃、闷闷不乐，还带着点说不出来的伤感。他给人的感觉就像，他是个什么东西，摇摇欲坠的，马上就要从另一个东西上脱落了。我不知道另一个东西到底是什么，但也不想待在旁边，等着他掉下来,砸到我身上。

斯特林用手指戳了戳我的胸口,又戳了戳自己的胸口。"我们知道。我和你。就像我们结婚了。记住这一点。你他妈的已经是我的人了,二等兵巴特尔。有他妈的《统一军法典》,我想什么时候弄死你,就什么时候弄死你。你明白吗?"说着,斯特林握起拳头,把拇指举到我面前,故意用拳头使劲抵我的脸,然后又把拳头倒过来,像碾死虫子那样,用拇指死命碾压涂着黑漆的吧台台面。"弄死你就跟弄死一只臭虫一样简单。你永远逃不出我的手掌心。还开小差?那真是太他妈的简单了,二等兵。"

我马上就能解脱了。三年服役期结束了,回到美国后,我就可以退伍了。"你不会那么做的,"我说,但对此并没有多大把握,斯特林什么事都做得出来,"我也可以举报你的。当时你是头儿,还记得吗?"

"哼,"斯特林哼了一声,说,"没人会关心默夫是怎么死的。"说到"夫"字时,他开始哈哈大笑,呼出的气喷到了我的嘴唇上。斯特林说话时,眼里微微闪着光芒,眼睛的颜色看着似乎变淡了。"其他人,哥们儿,谁也不想知道他是怎么死的。要是想知道的话,他们会知道的,对吧?狗屁'阵亡'了,发块狗屁勋章,再给他老妈编个狗屁故事,这样的人不止他一个吧?"说完,斯特林对着酒瓶喝了起来,边喝边慢慢仰起脖子,直到酒瓶完全翻倒过来。我看着他喉结一动一动的,把瓶里剩下的酒一口气全都灌了下去。喝完后,斯特林把酒瓶砸向了女孩头顶上方的墙壁。酒瓶很厚,没有碎,只发出砰的一声重响,从墙上掉了下来。

"我们可以告诉他们啊,"我说,"告诉他们的话,我们就可以解脱了。"

斯特林再次大笑起来，说："你又变成脑残天才了，二等兵。"

醒来时，我发现自己在楼上，躺在两块床垫叠成的床上——千真万确。墙上的壁纸已经泛黄、发白，而且剥落了不少。过道那头传来阵阵流水声。通过打开的门，我能从脏兮兮的镜子里看见昨晚的那个女孩——过了几秒钟，我才认出她。过了一会儿，那女孩身穿脏兮兮的粉红色浴袍，从洗手间出来了。她的胸口、胳膊和白皙的长腿上全是雀斑。

"他走了吗？"我问。

女孩把一块湿毛巾搭到我的额头上。我感到很难受。"嗯。"她回答。

"你会说英语。"

"当然。"

我听不出女孩的口音。她的两条胳膊上有注射毒品后留下的针眼——她并不是好人。我也不是。此时，女孩眼睛下面的淤青颜色更深了，变成了深黑色。"对不起，"我躺回床上，说，"我本该阻止他的。"

"你尽力了。"

"你能不能……"我开口道，但不知道到底想让她为我做什么。

女孩打断我："你是认真的？"说着，她脸上流露出非常伤心的表情，下嘴唇也开始微微哆嗦，并扇了我一巴掌。

"不，我不是指那个。"我说。不过在心里，我确实有点想那样做，想满足自己的控制欲，哪怕只有两分钟。但我对自己的想法感到恶心。我想起了告诉自己地址的那个人。他很可能那么做了，也很可能已经死了。我想象那人的身体向内塌陷，身上的肌肉烂光了，嘴唇干裂了，最后整个人只剩下头骨，上面积着一层薄薄的沙尘。我把女孩的双手推到我的肩膀上方，然后抓着她的手，来回摩挲我脑袋两侧剪得极短的头发茬。过了一会儿，我弯腰抓过床边金属做的旧垃圾桶，对着吐了起来。女孩跪在床脚，帮我拍背。我坐了起来。

"你的脸色非常难看。"她说。

卧室窗外传来一阵奇怪的鸟鸣声，几只椋鸟飞掠而过。那几只椋鸟是转着圈往前飞的——要不然，我看到的就是一大群椋鸟。昏暗的路灯中，那些椋鸟时隐时现，朝某处屋顶或某棵树飞去。某个地方，有棵树肯定提出了请求，想让那些椋鸟停满自己的树枝，并且至少待到冬去春来，它吐叶开花。我们俩就那样发了一会儿呆。最后，我放开女孩的纤腰，看着她问："其他人都走了？"

女孩点了点头。

"我回楼下去睡会儿，要是可以的话。"

"可以。"

我仍醉得厉害，脑袋晕乎乎的，但还是走到吧台后面，找到一瓶威士忌，然后坐在地上，看着窗外，喝完瓶里剩下的酒。太阳已经升起了，挂在街对面的小水渠上方。累极了的我，望着那条水渠，呆呆地想水渠里的水是冷还是不冷。

我睁开眼睛。天色正在变亮，路灯还亮着。我感到嘴巴发苦，接着打量四周，想弄清自己在哪儿。我感到太阳穴突突直跳，双手冰冷麻木，随后发现自己正趴在水渠边，双手浸在水里。清澈的水面一平如镜，只有我悬荡的双手惹起些许涟漪。我从水里抽出手，坐起来，开始使劲搓手，以恢复知觉。天哪，现在是什么时候啊，我想。那栋房子就在街对面，门廊上站着些女人。那些女人一动不动，望去就像几根年代久远的雕像柱，弯曲变形、斑斑驳驳，每一根都和另外的这根或那根靠在一起。我站起身，转向她们。她们仍然没动，好像几名蹩脚的演员在摆静态造型。

"那个女孩在哪儿？"我喊道。

那些女人还是那样站着，没动。过了一会儿，她们转过身，一个接一个地进了屋。那栋房子里很安静，或者说，给人的感觉好像很安静。我一直盯着那栋房子，最后终于反应过来，那会儿是早上，天就快亮了。

我回到基地。看到我，中尉很生气，但他没有大吼大叫，只是说了句："去把脸和手洗干净，巴特尔。"我照做并换了套干净的军服，然后往肩上搭了件野战夹克，在航站楼的长椅上睡着了。那时，只有几个宪兵和军官还醒着。

有人轻轻推了推我的肩膀，接着又重重地摇了摇。我醒了，并翻了个身。斯特林中士低声对我说："我帮你掩饰过去了。"

"谢谢，中士。"我迷迷糊糊地说。

"别以为我们之间没事了，二等兵。"说完，斯特林走了。外面一片漆黑，天又开始下雨了。我就要回家了，我想，就要解脱了。

四

二〇〇四年九月

伊拉克尼尼微省塔法市

白天，我们轮流担任警戒工作：睡两小时，然后端着步枪打一小时瞌睡。我们没有发现任何敌人；因为实在太累了，甚至没有产生从眼角瞟到敌人影子的幻觉。我们只看到对面的城市——模模糊糊的，望去就像由许多白色和褐色的小块拼凑而成的。蓝色的天空宛如丝带，飘在城市上方。

我醒过来，准备接班。太阳已经西沉，正坠入果园那头干枯的河谷里。曲折的河谷一路延伸至远处的山坡那儿，最后消失了。听到远处传来轻微的噼啪声，我和默夫才注意到果园里的火已经熄灭了，只剩下余火未尽的木块还在冒烟。房屋的影子拖得很长，遮蔽了一切，所以我们并未注意到天色正在变暗。接着，天就黑了。

我们放松了警惕。中尉不怎么管我们，所以我们松懈了，把背包和步枪靠在倾斜的土墙边。土墙外面就是最近几个晚上，我们一直在跟敌人激战的空地。中尉有个小无线电，还有顶绿色蚊帐，挂在一扇打开的窗户和一株烧得半焦的山楂树之间。我们等着他吩咐点什么，但他似乎睡着了，双脚跷在简易桌上。我们没去打扰他。

吃过东西后，从营部来了个信差——戴着厚厚的眼镜，军服一尘不染。他边冲我们微笑，边小心翼翼地猫着腰，借着土墙和树木的掩护，把信件送到我们手里。信差低声叫到默夫的名字后，默夫向信差道了声谢，并抬头冲对方笑了笑，然后迫不及待地从信封取出信，看了起来。信差递给我一个小包裹。就在这时，斯特林中士从一堆锯断的梨木后面站了起来。斯特林用作掩体的那堆梨木，肯定是早已消失的某家人码下的,以备在寒冷的冬夜生火取暖——每年冬天,扎格罗斯山麓的尼尼微平原上非常寒冷,偶尔还会下雪。

斯特林把信差叫到身边,厉声问:"二等兵,我的信呢?"

"好像没有你的信。"

"叫我中士。"斯特林嘟囔道。

"什么?"

"好啦,斯特林,别为难这小鬼了。"中尉说。那会儿,中尉已经醒了,正在通过无线电跟谁说话。听到斯特林的话,他停下来打圆场。当时,除了中尉对着无线电说话的声音,周围一片寂静。信差默默地走进越来越暗的暮色中,开始原路返回。看他远去的样子,就像浮在一大片沙尘上飘走的。

默夫从自己的头盔里拿出一张照片,然后用这张照片比着,一行一行地往下看信。他每一行都看很久,好像老人们看某个朋友的讣告那样——边看该朋友一生所做的微不足道的小事,边想自己以前怎么不知道那些事。天色太暗了,从我坐的地方看不清默夫手里的照片。印象中,他似乎从未给我看过那张照片。我感到非常惊讶,跟他在一起那么久了,以前竟然从没见过。默夫把背靠到墙上。微风中,山楂树低垂的枝条不时从他身上拂过。太阳完全西沉了,城市背后的最后一抹晚霞彻底消失了。

"是好消息吗?"我问。

"反正是消息。"默夫回答。

"发生什么事了?"

"我女朋友要去读大学了,说她觉得最好……嗯,剩下的就不用说了吧。"

无线电仍在嗞嗞蜂鸣。中尉的声音突然盖过了我和默夫的窃窃私语:"他们都是好样的。他们会做好准备的,上校。"

"乔迪抢了你的女朋友?"我问。

"我不知道,我觉得不是那么回事。"

"你没事吧?"

"嗯,无所谓。"

"真的?"

默夫没有回答。我想起了自己的家,想起了我家位于里士满郊外的房子,想起了在屋后池塘周围的短叶松和橡树上飞来飞去的蝉。这会儿,家里应该正是早上吧。想着想着,千疮百孔的阵地跟家之间的距离突然消失了——且不说家对我们每个人意味着什么。我仿佛看到了我家屋后的那个池塘,并笑着记起了每年十一月底的情形:弗吉尼亚温暖的秋风吹黄了池塘周围的树木,掉落的松叶在池塘边积了厚厚一层,望去就像谁丢在那里的几块地毯。我记得自己顺着屋后变形的台阶拾级而下。天还没亮,太阳懒洋洋地躲在我家周围山顶上的树梢背后,迟迟不肯露脸。天边那些微弱的黄色的光,好像是从某个看不见的、更高的世界散发出来的。孩提时,我老是想象那个世界长着大片大片修剪整齐的青草和蓟花,并想象那些青草和蓟花会发出微弱的光,直到太阳再次升起。我记得一大清早,母亲就已经坐在门廊看书了。可能是因为天色太暗了,她似乎没有看到我从她身边经过。我蹑手蹑脚地走在满地橙色和黄色的落叶上,脚下发出好听的沙沙声。报名参军后,我整个晚上没有回家。我记得,自己就是在那个时候告诉母亲参军的事的。我哥修的栅栏有道门,我记得自己打算从那道门偷偷溜进后院。就在这时,母亲轻声唤了我的名字,声音小得几乎听不见。周围的牛蛙高唱着最后的悲歌,所以过了一分钟,我才反应过来,母亲在叫我。池塘最那边的角落里，肥沃的褐色土壤上长着一片柳树和梾树，树下的水湾里总是聚集着许多水鸟。一阵微风吹过，那些鸟纷纷振翅，四散而飞。鸟的翼尖擦过水面，惹起层层涟漪，宛如拨动的琴弦。屋里透出的灯光和星星洒下的清辉仿佛也随之破碎了——那些星星稀稀疏疏的，望着就像谁在天上撒了几把盐。但我并不在里，上述一切都是很久以前发生的事。我记得自己朝黑乎乎的树阴下走去。孩子一有什么事，做母亲的似乎总能感觉出来，我母亲也不例外。她说："天哪，约翰，你做什么了？"我回答自己参军了。她知道那意味着什么。不久，我就离开了家。至于那天以后的日子，我完全不记得自己是怎么过的。回到现实中：我坐在塔法一块空地周围的墙下，不知道该怎么安慰马上就要死去的朋友。那个朋友说的没错，确实无所谓。

　　沉默了一会儿，默夫说："这一切真他妈的让人搞不懂！"说完，他把信折起来，放在腿上，然后仰起头，面朝天空。他好像天真的小男孩，对着矗立于沙尘之上的山楂树，透过稀疏的树梢，凝视我们头顶上方的夜空。漆黑的夜空宛如巨大的黑色面纱，天边寥寥数星就是那面纱的针脚。他女朋友可能也正坐在地上，仰望天空吧。默夫似乎想望穿头顶的面纱，看到他女朋友的身影。不错，这确实非常幼稚，就像小男孩的行为，但没有关系，因为我们那时都还是男孩。坐在山楂树下，为失恋而悲伤，但既不愤怒，也不怨恨，尽管几个小时前刚杀了一晚上的人——即使现在，想起默夫当时的样子，我也有点喜欢他。他就那样，坐在黑暗中。我们像两个孩子那样说着话，像照模糊的镜子那样望着对方。我深深地记着默夫当时的样子。接着，他就失踪了，彻底向战争屈服了，被那些人从宣礼塔扔下了窗——也许被扔下窗时，在饱受摧残的身体里，他的那颗心脏尚在跳动吧。

我伸出手,示意默夫把照片递给我看看。那是默夫和他女朋友的合照,是用宝丽来相机①拍的。照片里,他们俩面朝山下,站在一座海岛陡峭的山路上。海岛上树木成林:枫树、山毛榉、木兰树、白蜡树、郁金香树。阳光从树梢透射下来,照得所有的花都显得娇翠欲滴。默夫的女朋友身穿蓝色的平纹布连衣裙。那条裙子有点穿薄了,隔着布料,微微能看出她身体的曲线。她的头发是棕色的,略显稀疏;颧骨很高,红扑扑的脸蛋上搭着几缕散发;嘴巴闭着,没有笑;眼睛是灰色的,看着很和善;一只手放在眼睛下面,看着像是正要去拨开脸上的散发。

默夫站在他女朋友的旁边,双手插在蓝色牛仔裤的口袋里。他女朋友的另一只手搂着他的腰。照片里的默夫显得富有生气。那副表情,除了在那张照片里,我从未在他脸上见过。我一直对自己说,那副表情说明,默夫早已知道后来会发生什么事。但事实上,他不可能知道。照片里,默夫在阳光下眯着眼,似笑非笑,给人一种有什么东西转瞬即逝的感觉,尽管当时,我并不知道转瞬即逝的到底是什么。那么在照片里,什么是永恒的呢?我不知道那女孩是否还会去那个海岛,站在当初拍照的地方。要是去了的话,她会像照片里那样伸出手,回味当初搂着默夫的感觉吗?

"谁拍的啊?"

默夫蹲着,弄了一撮鼻烟,塞进下嘴唇里。周围一点风也没有,刺鼻的香味在空气里弥漫开来。"前年夏天,我妈拍的。那个时候,我们俩好像快要十七岁了。玛丽是个好女孩。不怪她,是我

---

① 一次成像相机。

配不上她。"

斯特林一直在听我和默夫说话。这时,他从山楂树另一面的阴影里大步跑了过来。"我要宰了那婊子,"他打断默夫的话,"你刚才说的不是真心话,对吧,二等兵?"

"我想我现在说什么也没用了,中士。"

斯特林双手往腰上一叉,似在等着默夫继续说下去。当时的情形看起来,好像默夫刚才说的那句话被串成了一串,挂在高处;斯特林够不着,所以就赖在那里不走,等着默夫再说一遍。但默夫没有理他,我也一样。我们俩只是半靠在墙上,看着斯特林。我们的身后,战火中唯一"幸存"的那盏路灯开始亮了。灯光下出现了遍地尸体和被迫击炮炸得千疮百孔的地面。路灯一闪一闪的,斯特林也跟着忽隐忽现。最后,路灯黑了一会儿,斯特林离开了。

现在回想起来,我真希望默夫当时不接受那个事实——不能照斯特林说的那样做,但也不要接受。当时,我并不认为默夫本该相信他女朋友会回心转意,但我希望日后回想起此事时,我能说:是啊,你当时也没有放弃,你渴望活下去;你的被杀完全是其他原因造成的,而不是因为我当时没有察觉到你准备放弃了。

默夫看着我,耸了耸肩。我把照片递还给他。他摘下自己的头盔,放在两腿间的泥土地上,然后从头盔内衬下的拉链袋拿出伤亡人员信息卡,叠在照片上面,借着忽明忽暗的路灯灯光看了起来。我也跟着瞧了瞧。

默夫已在信息卡最上面的几个格子里填写了要求填写的信息:姓名(墨菲,丹尼尔)、社会保险号码、军衔及所属部队。接下去是其他各种各样的信息,需要时,可以用墨水在对应的空格里快速打叉。有一组空格对应的三个选项是:战斗中死亡、战斗中失踪、战斗中负伤（轻伤或重伤）。另一组空格对应的三个选项是：被俘、被扣、伤重死亡。此外，还有两组选"是"或"否"的空格，分别对应"尸体找回"和"尸体确认"。除了这些空格外，卡上还有填写证明人评论和指挥官或医务人员签名的地方。默夫已在"尸体找回"对应的"是"下面的空格里打了叉。"以防万一。"发现我在看，他这样说道。我们俩的卡上都已签了名。

默夫把信息卡连同照片折起来，塞回头盔内衬底下。我割开高中同学寄来的包裹，从中拿出一瓶"金标"威士忌，然后边轻轻地晃了晃酒瓶，边说："瞧我收到了什么。"默夫笑着把头盔放到一边，顺着墙壁朝我挪了挪。我把酒瓶递给他，他摆了摆手。

"我认为您有这个资格，先生。"

我们俩都大笑起来。我对着酒瓶大灌一口。刺鼻的酒精顺着喉咙，流进了胃里。因为边喝边笑，我喷了一点酒出来，于是用手背擦了擦嘴。默夫接过酒瓶，也大喝了一口。那一刻，我们完全忘了自己是在战场上——就是两个坐在树下喝酒的普通人，朋友俩。我们靠着墙，拼命憋着，不让自己笑出声，以免被人发现。默夫憋得浑身乱颤，带动身上的防具砰砰作响，手雷也因为互相碰撞而发出细微的叮当声。最后，他身上所有的装备全都叮叮当当地响了起来。他不得不强迫自己停止发笑：板起脸，不停地念叨"好啦，好啦，不笑了"，直到恢复平静。把酒瓶递还给我时，他惊呼了一声，说："快看那边。"

默夫指着城市周围那些低矮的山坡。远处突然出现了许多小火堆。那些火堆连同城里稀疏的灯光，远远望去，仿佛划过夜空的流星雨。"太美了。"我喃喃道。我不确定是否有人听到了我的话，但看见有些人也指向了黑暗中。

我和默夫就那样发了一会儿呆。夜越来越凉,火焰燃烧的气味有如一阵清新的春风,拂过九月的大地。酒瓶继续递来递去,我开始感到有点醉了。我们把下巴枕在胳膊上,胳膊架在泥砖砌成的矮墙上,看着出逃的市民们生起一个又一个小火堆。那些火堆斑斑点点,逐渐布满各个方向的山坡。

"城里的人肯定全都逃到山上去了。"默夫说。这话让我想起了四天前或开车、或坐车、或走、或跑,排成长龙,纷纷逃离塔法的人群。我想象那些人正耐心地等着我们和我们的敌人离开他们的城市。我想象等到交战结束,他们就会回来,打扫屋顶的弹壳;会提着一桶桶水,冲洗门口干了的紫褐色血迹。黑暗中,沙漠和低矮的山坡上火光摇曳,并隐隐传来阵阵恸哭声。

那声音几乎细不可闻,但直到现在,我偶尔似乎还能听见。声音真是奇怪的东西,气味也是。现在,每天日落后,我会在小屋背后的空地生起一堆火。没过一会儿,烟雾就会在松林间弥漫开来。从附近溪谷吹来的风拂过溪床,于是,我听到了那声音。当时,我并不确定那声音是否真的是围坐在篝火边的女人们发出来的,她们是否真的在为死去的亲人痛哭流涕,但我确实听到了那声音——即使从现在来看,我当时似乎也不能不听。那天夜里,我摘下头盔,把步枪放在头盔上面,然后侧耳倾听——确实有哭声。我瞥了默夫一眼,他也会意地看了我一眼,眼神里透着伤感。中尉放下无线电,捧着脑袋坐在椅子上,同时用指头挠着脸上那片奇怪的疹子。我们全都望着黑暗中的那些篝火,静静地听了一会儿。我感到胸口不由得一紧。那奇怪的恸哭声,借着从果园吹来的风传到我们耳边,听着既平常又不可思议。后来,远处有两盏灯开始变亮了。接着,又有两盏变亮了。再接着,又有两盏变亮了。中尉走到每个人身边,说:"上校要见你们,做好准备。"

我们把步枪架到墙上,紧握步枪的前托,并掐灭香烟,屏气凝神,做好战斗准备。四周一片寂静,鸦雀无声。我们像漫画人物那样虚张声势,同时,说话的声音短促而低沉。

那六盏灯排成了一条直线,我们开始听到马达的突突声。最后,灯光消失了,一阵沙尘从房子前面的路边向我们卷来。中尉沿着我们的防线转来转去,对我们轻声训道:"都精神点,别放松!"

两名年轻的中士从房子拐角处疾走过来,分站到墙的两头。接着,上校出现了:矮个子,红头发,走路的姿势昂首挺胸,后面跟着一名记者和一名摄影师。中尉和上校交谈了几句,接着,他们俩都转向了我们。"今天晚上怎么样,小伙子们?"上校问。黑暗中,他的脸上堆起了灿烂的笑容。

"很好。"斯特林没有底气地回答。

像是为证实斯特林的话,上校看着大家的眼睛,缓缓扫视了一遍我们,直到所有人都回答了:"是的,长官,我们今天晚上很好。"

虽然路灯的灯光忽明忽暗,但仍能清楚地看出上校的军装非常挺括。他走近时,我们能闻到他身上散发出浆洗衣服用的淀粉浆的味道。这时,上校开始抱着胳膊讲话,同时,脸上的笑容消失得无影无踪。那一刻,我有点好奇,不知道哪副面孔才是他的真实面目。接着,上校掏出一张纸,照着念了起来。念到中途,他略微停了停,问那名记者:"你们在拍了吗?"

"继续,就当我们不在这里。"

上校清了清嗓子,从衣服口袋掏出眼镜,架到鼻梁上。这时,其中一名中士跑过来,用小手电筒照着上校手里的那张纸。"小伙子们，"上校开口道，"为了正义，你们即将被委以重任，浴血奋战。"他边说边来回踱步，在纤细的沙尘上留下一串整齐的靴子印。因为每一步都精准无误地落在最初留下的脚印里，所以那串靴子印变得越来越清晰了。打手电筒的中士也在旁边跟着一块儿踱步。"我知道用不着告诉你们，你们即将面对的是什么样的敌人。"上校动员我们的信心越来越强了，声音也因此变得抑扬顿挫，铿锵有力。那声音有如一根木棍，连续猛击，敲平了我大脑中疲惫的沟沟回回，让我顿时清醒不少。"这里是先知约拿的安息之地。他曾恳求上帝赐予这片土地正义，"上校继续说，"我们就是那正义。听着，我希望自己能告诉你们，我们中的每一个人都会平安回来，但我无法么告诉你们。你们中的有些人将不会跟我们一起回来。"当时，这话感动了我，但现在，我记忆最深刻的却是上校说话时的那副神情：高高在上，为自己的口才自鸣得意，无视我们是一个个活生生的人。"要是不幸牺牲了，请放心，我们会立刻用飞机把你们的尸体送往多佛①。而且，你们的家人将会获得至高无上的荣耀。要是那些杂种想打仗，那我们就奉陪到底。"说到这里，上校顿了一下，突然露出无比伤感的神情。"我不能跟你们一块儿去，"他遗憾地解释道，"但是我会一直在指挥部关注你们。就让我们送那些杂种下地狱吧！"

　　大家跟着中尉鼓起了掌。我们曾得到命令，要求遵守纪律，不准喧哗，不准发出亮光，但看到摄制组并听了上校的讲话（对巴顿将军蹩脚的模仿）后，我们早就把那个命令抛到九霄云外了。看得出来，上校很失望。我打量了一眼排里其他的人：默夫低头盯着自

---

① 美国特拉华州首府。

己的脚尖；斯特林单腿跪在山楂树底下，听得很认真。我闭起眼睛，远处那些篝火的火光在我眼皮背后摇曳不止。

上校手掌朝上，伸出胳膊，对中尉做了个手势，说："中尉，剩下的，你跟他们说吧。"

"是，长官，"中尉连清了三次嗓子，然后说，"听着，弟兄们，今天晚上，我们实行百分之五十级别的警戒。天快亮的时候，我们将从这里出发，趁着还没消失的夜色，穿过那片开阔地。"有几个人转过头，瞥了眼我们所在的位置与塔法市之间的那块荒地。那里黑咕隆咚的，漆黑一片，但还是能看出大致的轮廓——望过去，好像一幅以黑夜为底板刻出来的蚀刻画。从塔法传来各种气味：垃圾燃烧和臭水沟的臭味、熏羔羊肉的浓香以及附近那条河的气息等等。所有这些气味中，尸体腐烂的恶臭闻着尤为刺鼻。向前推进时，可千万别踩到那些黏糊糊的尸体啊——想到这里，我的肩膀不禁哆嗦了一下。"我们要穿过那片开阔地，然后借着城边那些房屋的掩护，顺着环绕城市的马路穿过去。到达果园后，我们就沿着这条水渠散开。"中尉指着用一根淡绿色的荧光棒照亮的地图说。地图上，他所指的地方有条细线，背后是一片房屋。那条细线离果园边缘不到四十米的距离。"有问题吗？"

"然后呢？"有人问。

中尉犹豫地瞥了上校一眼，咬了咬嘴唇，回答："他们就在那里，我们要攻进那里。"

接下来是一阵沉默。大家似乎都在暗自估量明天早上要走的那条路线：环绕城市的马路弯弯扭扭的，在那些房屋的屋角形成许多弯头，这里有堵矮墙，那里有个倒放的废料桶，可以用作掩护；那些果树很矮，只能猫着腰，穿过曾经长满柑橘和橄榄的树枝，进入果园。果园里的果树一排排的,种得非常整齐。那天晚上,我们以为能从果园的一头望到另一头。但其实,那片果园非常大,根本望不到头——因为从未进过那片果园,我们当时尚不知道这点。两道杂草丛生的荒坡向着城市形成一个山坳。山坳里有些地方平整,有些地方崎岖,但到处都种着有些年头的果树。整个山坳就是一片果园。

上校的声音把我们的思绪拉回了眼前:"我们会在黎明前,用迫击炮对那个旮旯轰炸两个小时。我们会对那些破树狂轰滥炸,直到你们到达那里。我们的希望全都寄托在你们的身上,小伙子们。美利坚合众国人民的希望全都寄托在你们的身上。这可能将是你们一辈子所做的最重要的事。"

上校冲那两名中士和那两名随军记者打了声招呼,领着他们离开矮墙,向房子前面疾步走去。远处传来车子发动的声音。我听到上校问记者镜头拍得怎么样。然后,他们就走了。

"妈的!"默夫骂了一句。

"怎么了?"

"你觉得,这真会是我们一辈子所做的最重要的事,巴特尔?"

我呼出一口气,回答:"希望不是。"

中尉坐回自己的椅子。无线电又开始嗞嗞蜂鸣。风似乎大了点,我们再次望向山坡上的一堆堆篝火。中尉用两个指头挠着自己脸上的那一小片疹子,显得既担心又疲惫。我老是忘记,中尉其实比我们其他人大不了几岁——大概二十三四吧,我一直没有机会问。不过跟斯特林一样,他看着要比实际年龄大,而且表现得很老练。或许,那只是我们的错觉吧,因为他干了很多我们没有干过的事:开过崭新的车子,在大学聚会上跟浪荡的女孩喝过酒——那些女孩非常开放,被朋友们随便一激,就敢跑到陌生的房间。

"我们在那片果园和这座城市来回穿了多少次了,长官?"三班有个一等兵问。

"你是说军事行动?"

"是的,长官。"

"加上这次,总共三次了。"

"全都发生在秋天?"

"嗯,感觉好像是,我们每年都在为争夺这座城市而打仗。"

我想起了祖父当年参加的战争——他们有明确的目的地和作战目标。我想起了第二天,太阳还低低地挂在平原的东边时,我们就得离开防线,向前推进。我们将回到每年都要这么打一场仗的城市。我们将以一次缓慢而血腥的秋季"游行",宣告季节的变化。一如往年,我们将把敌人赶出城市,杀死他们中的一部分人。他们会朝我们射击,炸断我们的四肢,逃进山里和干枯的河谷,逃回胡同和沙尘弥漫的村庄。过上一阵,他们会再次回来。于是,我们又会重新开始之前的"步骤":向倚着路灯柱和打开的雨篷、坐在自家店前喝茶的他们挥手致意;在街上巡逻时,把糖果分给他们的孩子,尽管几年后的秋天,那些孩子就会跟我们作战……

"也许,他们是想每年都这么打一场吧。"默夫恨恨地说。

斯特林一直在山楂树另一边擦拭自己的各种武器,给武器装上弹药,并用胶带缠紧松动的部件,以免发出声响。这时,他走过来,对默夫说:"帮我检查一下,小鬼。"说完,斯特林垂着双手,跳了几下。他身上没有发出任何声响,除了靴子落在纤细的沙土地上,发出细微的噗噗声。"很好,不错。巴特尔,请过来一下。"

我朝他们走过去,边走边看着斯特林用黑色电工胶带缠住装备上亮晶晶的金属部件——不缠住的话，明天行动时，那些金属部件会突出来，把光反射进房屋窗户，从而暴露我们的行踪。默夫一动不动地站着，斯特林仔细地帮他弄紧身上的装备。斯特林的脸上露出关切的神情：咬着嘴唇，皱着眉头，嘴角微微下垂。弄完后，他用双手从上到下，摸了一遍默夫的全身，看着几乎像在爱抚默夫。"跳一下试试。"最后，斯特林说。

默夫朝我这边看了一眼，然后微微跳离地面。他身上的装备纹丝不动，也没有发出任何声响。

"该你了，巴特尔。"

斯特林在我身上重复了对默夫所做的那些动作，而且在此过程中，同样显得一脸关切。最后，我跳了跳——没有发出任何声响。斯特林在我头盔的一侧拍了拍。

"中士，"我问，"你觉得，我们以后每年都得在这里打一场仗吗？"

"那是他妈的肯定的，二等兵，"斯特林回答，"我参加过第一次海湾战争，我知道。这场战争的激烈程度，他妈的，绝对会超过一年一度的俄亥俄州对密歇根州的足球比赛。"说完，他轻声笑了笑。我再次流露出紧张的神色。"别担心，我们明天会没事的，明白吗？只要跟着我，照我说的去做就行了。我们马上就能回到前线基地。"

斯特林冲着我和默夫微笑。奇怪的路灯灯光下，他似乎变得和善了一些。"好的，中士。我们一定什么都听你的。"

清晨醒来后，我们听到无数迫击炮弹沿弧形轨迹，呼啸着飞过我们头顶，砸入那片果园。天还没亮，天空漆黑如墨。一种说不出来的感觉袭上我的心头。去高原沙漠打仗前，我总会产生那种感觉，而每次产生那种感觉，我都会搜肠刮肚，寻找各种理由，以解释自己为什么心里发堵、大腿哆嗦、双手抖得拿不住东西。默夫曾描述过那种感觉，说得非常确切。有次，一名记者问我们打仗是什么感觉。那名记者身穿满是口袋的卡其布套装，戴着一百米之外就能亮瞎你眼睛的飞行员镜面眼镜。我们讨厌他像苍蝇那样在周围转来转去，但又不能违抗上头的命令，所以只得忍耐。当时，我们一群人懒洋洋地坐在基地一棵大树树阴下的泥土地上。那名记者走过来，说："告诉我你们心里的真实想法，伙计们。我想知道你们到底是什么感觉。"我们中的大部分人没理他，有几个人还叫他滚蛋，但默夫耐心地向他解释了一番。"就像车祸，你知道吗？就像眼看就要撞上另一辆车的那个瞬间。那种感觉真的很绝望，就像你在跟平时一样开车，突然看见迎面过来一辆车。你他妈的不知道该怎么办，但又知道即将发生什么：要么撞死，要么大难不死。就像那种感觉，"默夫说，"就像车祸中那一刹那的感觉。只不过，对我们来说，那种感觉会他妈的一连持续好几天。"他停了一下，接着问："我们出去打仗的时候，你跟去亲身体验一下吧？我敢打赌，你肯定会明白的。"我们全都哈哈大笑起来，把那名记者窘得结结巴巴，说不清话，倒退着逃离了我们排所在的区域。不过，默夫对那种感觉的描述非常确切。每次产生那种感觉，我都会浑身肌肉紧绷、汗流不止，但那种感觉怎么也挥之不去，所以我只能努力不去想它。

"从现在开始，不准喧哗，不准发出亮光，弟兄们。"中尉轻声命令道。他话音刚落，第一个出去的人就立刻纵身跨过隔在我们和那块空地之间的矮墙，朝只看得出灰色轮廓的城市冲去。我庆幸自己不用马上就出去。

我们班等待出去的过程中，斯特林从自己的背包里拿出一小瓶盐。我记得盐瓶商标上画着个打伞的女孩——应该是"莫顿"牌食盐。斯特林把盐瓶倒过来,抖着盐瓶,把盐撒在那棵山楂树底下。我和默夫困惑地对视一眼,然后朝斯特林走去。"唔,中士,你没事吧?"默夫问。斯特林正在对着我们头天晚上待过的地方撒盐。

"这是《士师记》中记载的,"斯特林几乎没有注意到我和默夫走到了他的身边,抬起头,隔着我们,望向黑夜尽头的地平线——太阳即将从那里升起,"你们先出去吧,兄弟们,"斯特林说,"我要把盐撒了。"于是,我和默夫出去了。斯特林远远地落在我们身后,只剩下一个模糊的影子。他边走边把盐撒到尸体上,撒进农田、胡同和似乎遮蔽了整个塔法的沙尘里。他走到哪儿,撒到哪儿,与此同时,嘴里唱着或者说嘀咕着什么。那声音很好听,很亲切,我和默夫以前从未从他嘴里听到过。虽然听不出具体的词,但我们还是开始害怕了。

"我想他是吓傻了,巴特。"默夫说。

"你要把这话告诉他吗?"我问。

迫击炮仍在狂轰滥炸。从果园里传出的爆炸声,响得有如铜鼓的定音声,每分钟都会把我们震得哆嗦几次。前面燃起了一些小火,烟雾从破碎的枝叶间不断升起。天就要亮了。默夫说:"我要看看斯特林到底在干什么。"说完,他端起步枪,透过步枪上的望远镜瞄准器观察身后。

"看到了吗?"

光芒闪耀,微弱的第一缕阳光从东边的山坡顶上射下来,逐渐照亮一个个屋顶和那些房屋正面的灰白色墙壁。我转过头,以手搭额,想看清斯特林的身影。逐渐褪去的夜色中,他的身影模模糊糊的,隐约可见。"看到了吗?"我重复了一遍刚才的话,接着又问,

"他在干吗?"

远处的身影一动不动。也许,那瓶盐已全都撒在塔法郊外这段短短的路程上了。我们离果园只剩下一步之遥,但我仍害怕得双腿直哆嗦。"默夫,他在干吗?"

默夫放下步枪,闭上张开的嘴巴。"我不知道,哥们儿。在瞄准器里,他的身子看着可真他妈的大,"默夫大睁着眼睛,看着我,说,"只要轻轻一扣扳机,他就再也笑不出来了。"

五

二〇〇五年三月

美国弗吉尼亚州里士满市

大西洋上空密布的云层，有如一条又脏又乱的床单。我望着那些云，知道要是有朝一日，能进行大脑对心的控制力测试，自己的测试结果很可能惨不忍睹。人心何其微妙。不过，虽然很难确切地说出心到底是什么，但如果把战争的开始和结束比作一个括号的话，那么至少，心肯定是这个括号的溢出之物，即逝去的生命——这逝去的生命消失在了尼尼微弥漫的沙尘里，连回忆也没有剩下；这逝去的生命尚未成熟，非常脆弱，没等追溯到记忆深处，就已经支离破碎了。我正在回家的路上。但家同样抽象得难以想象，而比想象家更难的，是忘记那最后一片弧形的沙漠——好的一部分我，化为无数沙粒中的一粒，永远留在了那里；比想象家更难的，是忘记饱经风浪侵蚀的石头彻底风化了，最后化为淤泥，沉淀在某处河口或你唯一记得的城市的某条河的河底。

都说剩下的是历史，但我要说，那是放屁。剩下的只是想象，或者什么也不是——毫无疑问。因为这个世上，人们创造或所做的一切都可以被摧毁、抹除，比如编好的绳子还能被拆成一股股的线。要是有条渡船需要这条绳子做导绳，以到达对岸，那么必须有人想出法子，把一股股的线重新编成绳子，否则，很多人就会落入必经的河里，溺水身亡。但经过一段时间后，我现在终于接受了：剩下的就是历史。

宽恕却截然不同，没有任何"模式"。一群年轻人耷拉着脑袋，坐在包租的飞机上。他们中间的一些座位空着。那群年轻人不知悲伤为何物，也不会想，要是上帝正在看着我们，在他眼里，呼呼大睡的我们可能就像一堆布匹，正被运往一千所空荡荡的房子，用来遮盖那些房子里的家具。

为了看一眼大海，飞机轮子离地后，我一直目不转睛地盯着舷窗外。飞机离地的那一刻，从头等舱到普通士兵所坐的机舱后部，渐次响起一片轻声的欢呼。随着欢呼，我们不由得感到一阵激动。飞机离开地面，冲向天空，我们的激动随之变成了喜悦。坐在大座椅上的军官和高阶士兵纷纷转过椅背，冲我们挥手、欢呼。我们也开始跟着欢呼、微笑，但好像正置身于水下似的，我们的回应很缓慢。

飞机升到了巡航高度。从德国到美国的航程并不长。只要穿越最后的障碍大西洋，我们就可以回家了——回到那块自由的土地，回到那个可以看真人秀电视节目、可以逛特价商品购物中心、会得深静脉血栓病的世界。醒来后，我发现自己头倚舷窗，不知什么时候睡着了，还发现握枪的手摆出了握枪的姿势。过道对面坐着三排的一名军士。看到我摆出握枪的姿势，他笑着说："这种情况，我今天出现了两次。"那名军士的话并未让我感到释然。

我看着营里坐在飞机上的人。有多少人没在飞机上呢？默夫；二连的三名技术兵——他们是在食堂被人体炸弹炸死的；还有之前死的一些人：一个总部连的，是在前线基地被迫击炮炸死的；一个我不认识但听说过的，死于狙击手枪下。此外，还有十几个人？二十几个人？

幸存的人，在公务舱狭小的座椅上打呼噜，辗转反侧，还时不时地抽搐一下。衬着蓝色的座椅和身上盖的薄毯子，他们显得黑乎乎的。我望向舷窗，发现外面仍是白天，尽管几小时前，身体就已产生到了晚上的感觉。我们逆着太阳飞行，所以外面始终都是白天。云层逐渐变薄，身下出现了一望无涯的大海。海面上的波浪从峰顶落到谷底，最后全都化为白色的浪花。世上的一切对立之物就像海浪吧，最后都将融合在一起。我目不转睛地望着海面，似乎望了几个小时之久。

一群还醒着的文职人员跟空姐玩上了瘾：不停地按呼叫按钮，逼得那些空姐一趟趟过来，俯身听候，而随着空姐的俯身，他们就能从空姐晒成咖啡色的胸部，闻到浓重的丁香和香子兰的气味。年纪大点的空姐，对此早已习惯了。她们会机械而熟练地张开肩膀，露出棕色蜡纸似的肌肤。

过了一会儿，那群文职人员可能玩厌了，机舱里变得一片寂静，只有发动机的声音在我耳畔嗡嗡作响。飞机载着我们，逐渐飞过海岸线上的沙滩、岩石和蓟花。我的脑子里开始不断地重复相同的念头：我想……我想……我……我……但任凭怎么努力，就是想不出自己到底要干什么。飞机不断飞向内陆，底下的大地逐渐变成了绿色。蓝色的湖泊，棕色的球场，迷宫似的、一模一样的房屋，除此以外，全是绿色，一望无际的绿色。每一寸土地上似乎都长着树。正值春天，有些树正在开花。从飞机上望下去，仿佛连那些花也是绿色的。要是可以的话，我真想从飞机上跳下去，在坠地前，好好领略一下无边无际的绿色。我感觉自己的身体正在不断下坠，我想赶在粉身碎骨之前，最后深吸一口绿色的空气。就在这时，我突然记起了最后的那个词——回家。我想回家。

"都醒醒，我们到了。"中尉说。我望向舷窗，看见航站楼外面拉着条横幅，正在随风飘动。上面写的大意是，感谢你们的奉献，欢迎回到祖国。

终于回来了。机舱门打开了，我们跌跌撞撞地下了舷梯，走向灯火通明的航站楼。白色墙壁和白色地面上，螺旋形的霓虹灯字母不断闪烁，看得人头晕目眩。我感到一片茫然，与此同时，仿佛看见黑暗中，一个国家徐徐展现在自己面前：这个国家起于崇山峻岭，从蓝岭山脉西麓一路向西延伸，形成一片粉红色的平原，静静地躺在时间的堆积层下；我不在的这一年，有如一丛丛麒麟草和白色蒲公英，逐渐布满两条海岸线之间的广袤大地。

我们通过专门通道，列队走进航站楼，然后站在清寒的灯光中，听那些电灯嗡嗡作响。等长官们最后交代几句，我们就可以解散了。原本令人厌倦的普通生活变得令人激动，原本令人激动的军旅生活变得令人厌倦——世上的一切，令我感到深深的困惑。

中尉例行公事地训了几句："别惹事，别喝酒，别开车。要是老妈让你觉得心烦，记住……"

我们异口同声地接道："不要给她一颗子弹，给她一个拥抱。"自始至终，我们全都挺直身子，整齐地站着，直到军士长厉声喝道："解散。"不过，我们并未一哄而散，而是像滴到水面的油滴那样，慢慢散开。士兵中，一些人的眼里满是困惑，有几个甚至还说："唔，现在去做什么呢？"我的脑中也闪过同样的念头，但我紧紧地攥起拳头，直到指甲嵌进掌心，刺破皮肤。不行，他妈的绝对不能这么下去，得开始新的生活了，我想。

我经过一道道的门。门边的空座位上坐满了战友的亡魂。他们都是年富力强的小伙子，丧命于迫击炮、火箭弹、枪弹和简易炸弹的攻击：有的皮肤被烤焦——我们想把他们送上救护直升机，结果从他们身上扯下一层皮；有的手脚被炸断，仅靠一层外皮连着。他们都还年轻，有的在家乡有女朋友，有的怀揣梦想，想干一番事业。毫无疑问，他们全都错了。死人是没有梦想的。我有梦想，鲜活的梦想，但我并不因此感到庆幸。

整个航站楼，只有一家酒吧还在营业。我走进那家酒吧，坐到吧台边的凳子上。那张凳子非常新，好像那晚刚出厂似的。酒吧和机场的一切都是崭新的、消过毒的。脚下的地砖一尘不染，我的身后留下一串细沙形成的足迹，似要领我回到过去。我点了杯啤酒，并把酒钱放在吧台上。松木做的吧台，漆得光滑如镜，映出我的脸，显得非常诡异。我急忙把凳子往后挪了一点。一名清洁工挥着拖把，在拖我走过的地砖。他通过一道道的门，一路朝酒吧拖来。我抓起酒杯，大喝一口，边喝边用眼瞟身后留下的那串脚印。

"嘿，师傅。"我招呼道。

清洁工比我大，但不老。听到我的招呼，他来到我身边，双臂交叉，拄着拖把柄。

"不好意思，打扰一下。您能把拖把借给我，让我拖一下那边吗？"我说着，准备站起来，去接他手中的拖把，拖掉自己留下的脚印。清洁工低头去看我指的地方。

"啊呀……那里一点也不脏，孩子，没事的。"清洁工伸出手，打算拍拍我的肩膀，但我转回吧台，抓起酒杯，把剩下的啤酒一饮而尽，然后指了指酒柜，又掏出一张钱，放到刚才那张钱上——吧台的男服务员还没把刚才的酒钱收进去。

"对不起，我只是想……"当时，我肯定醉眼迷离了，因为我没看见清洁工在动，却看见拖把头画着极短的弧线，在我所指的地方来回动了几下。接着，清洁工离开了酒吧，朝大厅走去，身后拖着土灰色的拖把布。

　　吧台光滑得能当镜子。因为机场奇怪的黄色灯光，就连朝向飞机跑道的那些窗户，也都能照出人来。我继续喝酒。

　　"回来还是出去？"服务员问。

　　"回来。"

　　"从哪里回来？"

　　"伊拉克。"

　　"还去吗？"

　　"不去了，但也不好说。"我回答。

　　"你们在那边都还好吗？"

　　"嗯，还好。"

　　"我有个非常丢人的想法。"

　　"什么？"

　　"我真希望你们不用去那边。"

　　我向服务员举起酒杯，说："谢谢。"

　　服务员开始擦拭吧台。我喝完杯里剩下的啤酒，然后又掏出五美元放到吧台上，问他再来一杯。服务员又给我倒了一杯。

　　"我听说，那里全是野蛮人。"

　　我抬起头，看见服务员正在冲我微笑。"是的，哥们儿，差不多就是那样。"

　　我的航班属于那晚的最后几班。这时，广播通知说，前往里士满的飞机正在进入登机位置。那沓钱还放在吧台上。"这是酒钱。"我说。

　　服务员指了指墙上。他指的地方，贴着一张二十五厘米长、二十厘米宽的亮光纸海报和一张泛黄的剪报。海报上的是位日间肥皂剧明星，上面还有该明星的亲笔签名。剪报上的是一个男人和一辆红色的福特牌小卡车，卡车的顶盖侧板生了锈，引擎盖上摆着条大鲶鱼。海报和剪报的中间，有条用大头针固定的黄丝带①。

"那是什么意思？"

"我请客，"服务员笑着说，"算是我的一点心意。"

"不用了，我自己给。"我不想笑着向人道谢。我只是个幸存者，不想假装自己是干了什么大事的英雄。

服务员伸出手，打算跟我握手告别。我趁机拿起吧台上的钱，塞进他手里，然后转身离开了。

所有乘客就座后，飞行员通过机上广播说，一位国家英雄能坐他的飞机回家，他感到无比荣幸。得了吧，我心想。我还获得了四杯免费的杰克·丹尼尔兑可乐②，还换了个稍微大点的座位。深夜里，飞机载着我，飞越东海岸上空没有一点星光的漆黑夜幕。与此同时，载着其他士兵的飞机也相继起飞，送他们去见高中同学和十八岁的姑娘，送他们去参加野营，送他们去小溪和池塘的岸边。那天夜里，年轻的小伙子会把那些女孩长满斑点的肩膀揽入怀中，并用手抚摸红色、金色或棕色头发下柔软的肌肤。他们会那样抱着那些女孩，不知道接下来该怎么办。他们的双手会像祷祝似的合在一起，心里则下意识地祈祷："上帝，求您再也不要让我离开这里。"接着，他们会离开熊熊燃烧的篝火和欢笑的人群，离开在野地里围成一圈的车子，经过车前灯发出的道道光柱，磕磕绊绊地走

---

① 在美国，人们把黄丝带系在柱子、篱笆、墙上等，以表示对军人的支持。
② 杰克·丹尼尔是美国名酒。兑可乐，是杰克·丹尼尔的一种喝法。

进灌木丛。他们会感到，无边的孤独有如紧握的拳头，攥住了他们的一根胸骨——那是上帝做出来的最细、最脆的一根骨头。最后，他们会在水边默默踱步，一连走上几个小时。酒意上来了，飞机上的我沉沉地睡着了。我梦到了我家门廊上的那些木板；梦到太阳早已落山，但那些木板仍留有太阳的余温；梦到凉爽的夜晚，自己躺在温暖的木板上，耳畔回荡着从水面传来的蛙叫和蝉鸣；梦到陶醉其中的自己希望不会做别的梦，永远沉浸于那片美妙的天籁之音。

吸烟区旁的混凝土地面上，粘着一团团口香糖。我坐在那儿，双手托着脸，专心地数那些口香糖，好让自己什么也不想。车子的声音越来越近，但我没有抬头。直到她的手摸到我脸上，我才回过神来。

她捧着我的脸，用力挤压，把我的脸都挤得向内凹陷。接着，她后退一步。"啊，约翰。"说完，她再次走上前来，紧紧地抱住我的腰，并用双手摩挲我的身体。抱了一会儿，她放开我，拍了拍我军服的前面，然后又开始捧着我的脸，用力挤压。她的手，比我印象中的多了些皱纹，而且从手掌这面都能看出纤细的手骨。我真的只离开了一年吗？她用力挤压我的脸，好像要证明我不是飘忽的鬼魂，好像以后再也摸不到我了。

我把她的手从我的脸上拽下来，放到身前，然后把它们合在一起握着。"我没事，妈，"我说，"别这样，被人看了笑话。"

她开始哭了，但不是号啕大哭，只是抽泣着念叨我的名字："啊，约翰，啊，约翰，啊，约翰……"我把她的手从我的脸上拽下时，她挣脱了其中的一只手，照着我的嘴重重地扇了一巴掌。我立刻掉下了眼泪，并把脑袋埋进她的胸口——我不得不弯下身，因为她个子很矮。她抱着我，一遍遍唤着我的名字："啊，约翰，你终于回家了。"

也不知我们到底抱了多久，最后，车子的声音、来往的行人和向我大声致敬的游客似乎全都消失了，整个世界只剩下了我的母亲。母亲的胳膊紧紧地搂着我俯下的脖子。我感觉自己好像不知怎么，又回到了与世隔绝的子宫里，安全无比。这是我当时的真实感受，尽管现在回想起来，似乎有点不可思议。但我并不相信母亲说的那句话：约翰，你回家了。

回家的路程并不长。坐母亲那辆破旧的克莱斯勒，走州际公路，半小时左右就可以到了。沿途的景色既熟悉又陌生。上了横跨詹姆斯河的"二战"老兵纪念大桥后，我目不转睛地盯着底下宽阔的河谷。太阳正在冉冉升起，阳光好像没熟的橘子的颜色。谷中弥漫的晨雾开始逐渐消散。

我想象自己正在河边——不是像几个月以后那样，在岸边低垂的核桃树和赤杨树底下游泳，而是像在伊拉克那样。我仿佛看见黄色的阳光下，自己正在河边野地里巡逻，就像那个世界发生的事转移到了这个世界的场景中。谷中的我，边走边寻找可以隐蔽的地方。河边有条狭窄的土路，邻水那侧的一处浅坑变成了一道深深的车辙。那是车轮长时间打转后造成的，有辆卡车肯定在雨后陷进过坑里。我觉得那里是很好的隐蔽之所，自己可以趴在那里，躲避枪林弹雨，直到友军掩护我们撤退。

"你没事吧，孩子？"母亲问。河谷中一个人都没有，我当然也不在那里。母亲的声音让我吓了一跳，把我的思绪拉回到现实。这时，我们到了桥的另一头。

"没事，妈，我没事。"

我们经过了一条条公路和小路。一路上，我望着窗外，借一团团绿色的树影麻痹自己,以获得片刻安宁。最后,车子拐进我家院子里的石子路。路两旁的草坪很久没有修剪了。

"你想先做什么,孩子?"母亲兴奋地问。

"我想冲个澡,然后……我也不知道,睡觉吧。"

时值春天,将近中午,屋后的池塘一片寂静。母亲帮我把帆布包拿进屋。我走进自己的卧室。"我去做早餐,约翰,你最喜欢吃的早餐。"明媚的阳光透过木制百叶窗,照进我的卧室。我关上百叶窗,拉过窗帘,关掉电灯,然后拉了一下吊扇的拉绳。扇叶转动的呼呼声,立刻盖过了街上车子经过的嘈杂声和厨房里锅碗碰撞的叮当声。与此同时,我闻到了从厨房传来的油味和从草坪传来的草香,闻到了洁净的房屋和木床的味道。所有这一切——声音和气味,都只是用来填充空间的填充之物。在这个我仍称之为家的、空荡荡的地方,我的身体不由得感到一阵紧张。

卧室里又黑又冷。疲惫不堪的我,折起床罩,放到床头柜上,然后脱掉薄军服,解下皮带,挂到床头柱上。接着,我坐到床上,弯腰解开右脚的靴子带,并依次脱掉靴子和袜子。穿在左脚靴子带上的"狗牌"[①],在黑暗中闪着亮光。我摸了摸"狗牌",坐直身子。

我的身体正在逐渐消失。春日下午,黑乎乎的卧室里,我似在一层层剥掉自己。最后,房间里会留下一摞叠放整齐的衣服,而我则会成为电视新闻里的另一个数字。我几乎都想得到那些新闻会怎么说:今天,又有一名士兵回家后凭空失踪了。随便他们怎么说吧。我再次弯腰,解开左脚的靴子带,把那块"狗牌"挂回脖子,和另一块叠在一起,接着依次脱掉左脚的靴子和袜子,外裤和

---

① 美军士兵挂在脖子上的身份识别牌。

内裤。我彻底消失在了黑暗里。我打开衣柜门,对着穿衣镜打量自己:手和脸晒成了古铜色,身体的其他部位苍白而干瘦,看着就像挂在什么地方的无头僵尸。我叹了口气,钻进冰凉的被子里。

吊扇下,我翻来覆去,怎么也睡不着。不时有车子经过我家。那些车子的声音由远及近,不断逼近,接着又由近及远,逐渐消失。树林中间,一列火车呼啸而过,听着好像朝床上的我径直冲来,眼看就要撞上了;好像我变成了特殊的磁铁,既吸引金属的声音,也吸引金属本身。我紧张得连眼皮都突突直跳。每次,直到那些声音由近及远,冲其他目标而去时,我才会长舒一口气。我忘了自己当时做了什么梦,只记得自己梦到了默夫——默夫、我和每晚都会梦到的那些鬼魂。我忘了自己当时做了什么梦,只记得最后,自己沉沉地睡着了。

六

二〇〇四年九月

伊拉克尼尼微省塔法市

我们越来越接近果园,惊飞了果园外围刚从别处飞来的一群鸟。鸟群栖息的树枝随之颤抖不已,鸟群则在红彤彤的天空盘旋,似在笨拙地打着什么旗语,说不出的诡异。我感到非常害怕,还闻到了铜和劣质酒的气味。太阳已经升起,但一片弯月仍低低地挂在另一头的地平线上。那片弯月嵌在清晨的天空中,看着好像儿童图画书上的图画。

我们趴在黏糊糊的淤泥里,顺着齐踝深的水渠排成一线。那一刻就像设计拙劣的、证明"必然性"的实验到了即将得出结论的时候:一切准备就绪,就等着来一次暂停,等着所有动量消失,然后计算实验产生的残渣。我当时觉得世界薄如纸张,那片果园就是接下来要面对的整个世界。但那都是假的,我只是害怕死亡。

果园里悄无声息。中尉不停地摆动胳膊,直到吸引所有中士和下士的注意。然后,他朝果园的方向大挥一下手,带头爬出了水渠。我们跟着爬出水渠,既不像跑又不像走地朝果园冲去。周围一片寂静,只听得到大约四十只靴子踩在沙尘上的噗噗声和大家的呼吸声。最后,我们几乎贴着松软的地面,弯腰进了树枝低垂的果园。大家的呼吸声随之变得沉重起来。

我不停地往前冲。那是因为默夫在不停地往前冲,斯特林和中尉在不停地往前冲,后面别班的人也会不停地往前冲,我生怕自己成为唯一停下的人。

迫击炮弹不断落下,把树叶、柑橘和鸟全都炸开了花,看着就像磨损的绳头。地上这里一堆，那里一堆，到处都是炸落的树叶、柑橘和鸟。破碎的羽毛、树叶和柑橘皮混杂在一起，让人分不清到底什么是什么。阳光无力地从树梢透射下来，落在鸟血和炸烂的柑橘上，照得到处闪闪发亮，恍如波光粼粼的水面。

各班开始呈扇形队形散开。看上去，大家个个都像弯腰驼背的老头。我们小心翼翼地迈步前进，边走边用目光仔细搜寻地雷的引线或任何敌人的踪迹。没人看到子弹是从哪里打来的。那些子弹像是凭空从遥远的果园那头飞来的。阳光从枝叶间透射下来，在地上投下一片片斑驳的树影。那一刻，我正惊奇地盯着那些树影。第一颗子弹嗖地掠过我脑边时，我还在想来到塔法后，自己从未见过如此特别的影子，只见过有棱有角的——刺眼的阳光下，密密麻麻的房屋、各种天线和纵横交错的胡同里各式各样的武器投下的影子。子弹的速度极快，没等我反应过来，就嗖的一声从我脑边飞了过去。等我回过神来，其他人已开始还击了。我也开始跟着还击。刹那间，枪声大作，震得我耳朵嗡嗡作响，什么也听不见。那情形，好像有人重重地敲了一下音叉，回音不绝，把果园里所有的人都笼罩在他的"沉默誓约"之下。

我们没有看清子弹是从哪里打来的，只看见树叶纷飞、木片乱蹦、尘土飘扬。第一轮交火造成的嗡嗡声逐渐消失后，我们又听到了子弹撕裂空气的声音、不知从什么地方传来的子弹出膛的声音。每一个瞬间都面临生死考验。我感到无比惊骇，浑身发软，呆呆地立在那儿，出神地盯着每一根颤抖的细枝、每一缕从枝叶间透射下来的阳光。有人把我按倒在地。我用胳膊肘撑地，匍匐着爬到一丛枯树背后。

紧接着，几个人大声喊道："三点钟方向，快朝三点钟方向打!"我扣动了扳机,尽管没有看到任何目标。枪口喷出的火光刺得我几乎睁不开眼。一时间,弹壳横飞,在树丛间乱蹦,反射出点点金光。那情形,仿佛无数相机正对着我们狂拍,闪光灯闪了又闪。

接着,果园里又恢复了安静。我们的队伍分裂成一个个作战小队,散布在周围。各小队队员撑着身子,趴在千疮百孔的地上,一眨不眨地睁大眼睛,用眼神互相交流。大家喘着粗气,压低声音说话,然后陆续爬起来,继续小心翼翼地迈步前进。

我们保持着队形,在一片狼藉的果园里穿梭。走了一会儿,前方传来一个声音——刚开始,听着像是人低声悲泣的声音;走近后,听着却像是小羊哀号的声音。我们被催促着加快了脚步。又走了一会儿,我们看见一条浅沟那儿横着两具敌人的尸体——两个男孩,十六岁左右,面部和身体中了枪;沟底丢着两支步枪,互相交叠在一起。阳光从乱蓬蓬的树枝间透射下来,照在那两个男孩的尸体上。他们本是棕色的皮肤已经变得苍白。我不知道,他们的皮肤之所以会失掉颜色,到底是因为被太阳晒的,还是因为体内的血液流干了——沟底沉淀着两大摊血,这时已经凝固。

医务兵正在抢救三排的一名二等兵。那人身上的薄军服被撕开了。他肚子中了枪,眼看就要死了,牙齿正打着颤,小羊哀嚎似的呻吟着。我们想尽力帮上点忙,但被那些医务兵一把推开了。于是,我们就站在一旁,边看着医务兵努力把那人的肠子塞回体内,边轻声给他们鼓劲:"加油,大夫。"那人皮肤已变得苍白,开始浑身颤抖着说胡话。医务兵的身上沾满了他的血。我们后退几步,围成一圈。阳光透过枝叶,照在我们和那人的身上。这时,那人的嘴唇变成了黑紫色,并且不停地哆嗦;鼻涕流到了上嘴唇上;因为浑身颤抖，唾沫星子纷纷落到下巴上。接着，他就不动了。过了一会儿，我才意识到他死了。周围一片沉默，谁也没有说话。

"我觉得他有话要说。"最后，我说。

连里其他的人开始逐渐散去。二排别班的几个人退出我们围成的圈子。默夫悬着双脚，坐在一条浅沟边清洗步枪。有几个人说，他们也在等着那人开口说话。看到那人什么也没说就死了，他们露出沮丧和惊讶的神情，漫无目的地走开了。

斯特林把烟头扔在尸体旁边的地上，用脚尖踩灭。一缕轻烟飘向破碎的枝叶，最后消散了。"他们通常不会说话的，"他说，"我只听到过一次。"

一名随军摄影师拍了些照片，记录了当时的情景：一名二等兵在水沟里清洗枪管；一个死去的男孩，尸身尚未遮掩，瞪着眼睛，冷冷地望着果园上方万里无云的蓝天。当时，我以为那名摄影师是个麻木的人，并不关心自己看到了什么。但现在回想起来，他也许并非我以为的那种人，只是没有表露出来而已。

"他说了什么？"我问。

"谁？"斯特林反问。

"那个死掉的人，他说了什么？"

"什么也没说。我一直抓着他的手。他妈的，吓死我了，你知道吗？子弹还在不停地打过来。那里只有我一个人。不过，无所谓了，"斯特林顿了顿，继续说，"我都不认识那家伙。"说完，他抓着防弹背心的领子，闭上眼，深吸一口气，然后冲摄影师点了点头。接着，他们俩开始在断枝碎叶、破碎的柑橘、死了的尸体和活着的人之间择路前进。

"他说了什么？"我再次问道。

斯特林回过身,说:"巴特,你这是没事找事。别再想着那个死人了,去看一下你的兄弟有没有事吧。"

我转了个身,看见默夫双手搭着大腿,跪在那具尸体旁边。我本可以走过去安慰他,但并未那么做。我不想那么做,不想对他负责。我自顾不暇——我自己也正在崩溃,还怎么能保证我们俩都安然无恙呢?

也许,我正是在那一刻违背诺言的;也许,要是我早一秒走过去安慰默夫,他很可能就不会崩溃了。我不知道。当时,他看上去很好奇,没有发狂。他摸了摸尸体,紧了紧尸体的衣领,然后把那个男孩的脑袋放到自己的腿上。

我一定要知道那人说了什么。"拜托,中士,你就告诉我吧。"斯特林看着我。我吃惊地发现,他竟然跟我一样疲惫。

"好吧,他不停地哭,"斯特林说,"他好像问了句:'我他妈的要挂了,对吗?'我好像回答:'嗯,有可能。'他哭得越来越厉害了,接着不哭了。我等着他再说点什么。你知道,就像他妈的电影里演的那样。"

"然后呢?"

"他说:'嘿,哥们儿,帮我看一下有没有拉出屎。'接着,他就死了。"斯特林拍了拍手,好像表示,他说完了,这事跟自己再也没有关系了。

我感到一阵反胃和眩晕,转了个身,开始狂吐不止,直到把肚里的所有东西都吐了出来,直到嘴里流出丝丝恶心的黄色胆汁。我跪下来,用手擦去嘴上的胆汁。到底他妈的怎么回事啊?到底他妈的怎么回事啊?我想不出任何别的话,只在心里翻来覆去地这样念着,同时对着水沟吐了口唾沫,转过身,朝传来相机快门声的方向走去。

几小时后，全连会合了。预备排在外围警戒。我们的任务是睡觉休息——休息完之后，继续前进。我和默夫找了个洞，努力想让自己打会儿盹，但怎么也睡不着。

"跟你说件事，巴特。"默夫说。

"什么？"

"有次在食堂，我插队插到了那家伙的前面。"

我看了看周围，问："哪个家伙？"

"刚死的那个。"

"噢，"我说，"没事，哥们儿，别放在心上。"

"我觉得自己就是个混蛋。"

"没事的。"

"我觉得自己真他妈的变态，"默夫双手抱着头，用掌根不停地揉着眼睛说，"死的不是我，我感到非常高兴。只有变态才会这么想，对吗？"

"不，你知道什么是变态吗？不这么想才是真的变态。"

我也有过跟默夫同样的想法：谢天谢地，中枪的不是我；躺在那里，看着所有人看着自己慢慢死去，那将是多么痛苦啊。虽然现在回想起来很愧疚，但当时，我也曾在心里对自己说：感谢上帝，死的是他，不是我；太谢谢您了，上帝。

我努力想安慰默夫，问："死了至少九百八十个，对吧？"

"嗯，差不多吧。"他回答。

我的安慰并未奏效。这是一次小规模的交火，但同样令人厌恶。

我们继续前进。我拖着疲惫的双腿,在沙尘上踏步走着。一只像是云雀或什么的鸟叽叽喳喳地叫个不停。我回过头,看见身后有串清晰的脚印,终于肯定自己一直而且正在往前走,迈出的脚步随之变得更加有力。我像受过的训练那样迈着步子,像受过的训练那样端着步枪,并因此变得越来越坚定。我翻过各种厚厚的手册和指南,但直到现在,仍发现只有那两个动作是真正有用的。

空荡荡的城里四处冒着烟。我们的现代化武器把整座城市变成了一片废墟。所到之处,尽是断壁残垣和炸得只剩一半的房子。和煦的微风吹过街道,吹得垃圾和沙尘在空中飞舞、打转。我们不时停下来喝口水,抽支烟,或歪着身子坐在空桌子后面的椅子上歇歇脚。集市里的商铺全都空无一人,但商铺的木门面货摊上仍摆着各种看不出是什么年代造的老古董。我们把脚跷到桌上,以免踩到尸体,冒犯亡灵。

我们在胡同里穿梭前进,碰到企图伏击我们的敌人的尸体,就把尸体从他们的武器上踢开。阳光下,一具具会传播瘟疫的僵硬尸体正在不断膨胀、腐烂。其中,许多尸体摆着各种古怪姿势,看上去,活像奇奇怪怪的几何图形:有的仰面躺在那里,背部微微拱起,有的则不可思议地扭成一团。

我们在满目疮痍的城里穿梭。坑坑洼洼的混凝土和砖石街道上,到处散落着各种破旧的、熊熊燃烧的车子。我们好像不是毁灭这座城市的罪魁祸首,而是一群游客,正在参观一座遭受战争破坏的城市。目光所及,空无一人。只有一个步履蹒跚的老太太,倏地闪过我眼前。接着,我们就拐弯了,而她拐向了跟我们相反的方向。我没看清她的人,只瞥到一个裹着旧大袍、瞧不出身形的人影。

我们在一处路口停下了脚步。一队耗子从碎石遍地的街上穿过，然后仗着"人多势众"，赶走了正在撕咬尸体的癞皮狗。我看着那条狗叼着一条血肉模糊的胳膊，跑进胡同，不一会儿就消失得无影无踪了。与此同时，我们走到了一座桥的前面。中尉举起手，示意全排停下。桥下是底格里斯河①及其树木稀疏的河岸。桥中央瘫着一具男性尸体。四周静悄悄的，只听得见潺潺的流水声。

"妈的！"中尉举着望远镜，轻声骂了句。

有人问怎么了。我看到中尉脸上流露出认出了什么东西的表情——绝对错不了。

"人体炸弹。"中尉说。所有人都愣住了。那人是谁，为什么在那里——关于这点，我们不可能知道，也很难调查清楚，因为灾难的爆发是瞬间的，由不得你慢慢去查明真相。人是现实的动物，我们只会为认识的人感到悲伤。所有在塔法死去的其他人，对我们来说，只不过是风景的一部分——好像谁在那座城市撒下了一些种子，经过一场严霜，尸体就像花草那样从泥土和沙尘里冒了出来，从铺着石板的路面钻了出来，然后在冰冷的骄阳下逐渐凋零、枯萎。

漫长的沉默中，我们全都单腿跪在地上，望着那具尸体，不知所措。中尉站起来，转向我们，但没等他开口说话，我们就感到眼前一黑，仿佛太阳突然从天上掉下来了。紧接着，我们全都被埋在了沙尘下，而且什么也听不见。我昏昏沉沉地瘫在地上，耳朵嗡嗡直响。抬头后，我看见排里其他的人都在地上蠕动，努力想弄清到底怎么回事。斯特林身上落了一层黑色的沙尘。这时，他动了动嘴

---

① 伊拉克的一条河流。

巴，伸手摸到自己的步枪，开始朝看到的东西射击。我们下方靠近河岸的胡同和我们上方的窗户里，露出许多枪口和人的手。由于脑袋嗡嗡直响，我听不见子弹飞过的声音，但能感觉到有几颗子弹撕裂空气，擦身而过。我们像在水下作战似的，朦朦胧胧的，看不清楚，也听不见任何声响。

我挪到桥边，开始朝任何移动的东西射击。到处都是芦苇和绿地的河边，有个人重重地倒在了地上。那一刻，我彻底告别了年少时嬉戏其间的那些河流。我对那些河流的记忆变成了一种奢侈的享受，毫无实际用处。它们的名字就跟尼尼微任何一条河流同样陌生：底格里斯河或切萨皮克湾[1]，詹姆斯河[2]或南面的拉伯河[3]。这些河流全都属于别人，跟我没有任何关系。我是入侵者，说得再好听点，也只是游客，哪怕是在自己的家乡，哪怕是在不断淡忘的回忆中。底格里斯河或切萨皮克湾的粼粼波光开始嘲笑我的卑微。曾经，切萨皮克湾的波光有如光影的鬼把戏，总是诱使我想起天上的繁星。我一直渴望有朝一日，能再次畅游其间。但我再也不会受那些波光的引诱了。我放弃了自己的渴望，因为我肯定：置身于如此广阔的河面上，人渺小得有如一个弃物，最后绝对会溺水身亡；要是再次漂浮在那片齐脖深的水里，双脚脱离积满淤泥的河床，我可能会明白，要想弄懂这个世界，要想弄懂自己在这个世界所处的位置，就会面临淹死的危险。

薄暮开始映出枪口吐出的火舌。我想起了"夜光虫"和"角甲藻"——上学时，学校曾组织过一次去弗吉尼亚海边的郊游，这两

---

[1] 美国大西洋沿岸的最大海湾，南接弗吉尼亚州，北邻马里兰州。
[2] 美国弗吉尼亚州中部一河流。
[3] 伊拉克东南部一河流。

个词是在那次郊游中学到的。但我正在对着那人射击，无暇理会看到枪口的火舌，各人脑中会产生什么奇怪的联想，那些联想在他们的脑海中又是如何沉沉浮浮。几个画面在我脑中一闪而过：一位少女和我并排坐在码头上；暮色越来越浓；我砰砰砰地疯狂射击；那人爬着离开他的武器，最后不动了，他的血液汇成一股，流进了即将结束退潮的底格里斯河。斯特林和默夫挪过来，坐到我旁边。我们三人又取出一些弹夹，并把子弹全都打进了那人的身体。血液浸透了那人的衣服，并顺着低矮的河岸，流进河里。最后，那人身体里的血液彻底流干了。

"你们俩终于明白了，二等兵。要想回家，就得冷酷无情。"

我停止射击，然后双手抱头，步枪搁在腿上——我实在拿不动了。我望了望斯特林。他一脸平静。真不知道，他除了杀人还能干什么？不，应该问，我除了杀人还能干什么？他要把我们带去哪里？

我们重新集合，查点人数。没有伤亡，只有几个人被爆炸震破了耳膜。接着，我们回到刚才所待的地方，等候快速反应部队前来处理。桥中央，那具尸体躺过的地方湿了一片，尸体则被炸成无数碎片：有的小，有的大，有的密密麻麻散了一地。尸体躺过的地方附近，落着一条胳膊和几截断腿。谁也没有说话，但脑子里，大家都在想象那人临死前的情景。我们似乎看见他在那里挣扎，哀求，祈祷——呼唤真主前来解救自己。接着，他绝望了，因为那些人割断了他的喉咙。血液从他的脖子里喷涌而出。最后，他窒息而死。

那人被迫变成了一件武器。那些人抓住他，杀死他，掏空他的内脏，最后往他的腹腔填入炸药。确定我们识破了那人是炸弹后，他们引爆他，接着向我们发起了攻击。快速反应部队到达后，对我们说，得检查一下桥上是否还有残留的炸药。

斯特林大声喊道:"默夫,巴特尔!"

我和默夫用抓钩费力钩住大块的残骸,然后用力拉扯,直到确定那些残骸里没有炸药,不会造成威胁。过程如下:默夫站在一堵矮墙背后,把金属抓钩抛过矮墙,钩住大块的残骸,接着拉动绳子,直到那块残骸绷紧,然后猛地一拽,死死拉住绳子,并抬起头看我;我也照着他的步骤做上一遍。这样重复了几次后,一位军官从车上跳下来,宣布桥上安全了。

我们继续在城里穿梭。逃难的人三三两两地陆续回来了,并开始掩埋尸体。远处传来阿訇召唤信徒祷告的声音。紫红色的残阳微微染红了整座城市。

七

二〇〇五年八月

美国弗吉尼亚州里士满市

整个春天，我谁也不见，从早睡到晚，睡过了一天又一天，一周又一周。我不定时地醒来，听到本地学校的校车从街上驶过，接送不同年级和年龄的孩子。我听到孩子们唧唧喳喳的说话声，并通过他们说话声音的高低，推断自己醒来的时间。

短短的时间内，我的状况变得越来越糟，糟糕得出人意料。我唯一的活动只有每天下午，往返三千多米，去乡村小店买箱啤酒。经过我家的那条铁路，跟我家隔着一段长长的矮护堤。去买啤酒时，我不走马路，而是沿着那条铁路步行去小店。格子状的铁路上方，树阴如盖，绿色的枝叶间，阳光斑驳。积聚了整个春天的热气，有如浓雾，笼罩一切。大西洋西岸的夏天，湿热而多蚊。这种湿热跟塔法的干热截然不同——塔法的干热能立刻把人热哭，哪怕你已在高温下炙烤了几个小时。大西洋的湿热更加"美国化"——你一出去，热气就会立刻迎上来。你会热得透不过气来，简直得像在水中游泳那样，用手拨开身前的热气。

偶尔，到达那家小店时，我不会立刻走进店里，而会在树林中等待，直到某辆破旧的小卡车经过。我会等到那辆小卡车生锈的尾部拐上林边的马路，然后才借着车后扬起的灰尘的掩护，穿过马路，吱呀一声打开小店的双开门。我说不出自己那时到底是什么感觉。可能是羞愧吧。但并不确切，因为"羞愧"这个词实在太宽泛了。人人都会感到羞愧。我记得，自己坐在茂密的灌木丛下的沙尘里，唯恐被人看到自己的模样。虽然附近没几个人认识我，但我觉得要是遇见什么人,他们肯定会凭直觉知道我干的亏心事,投来异样的目光。世上再也没有什么,比一段特殊的经历更能让人感到孤立了。至少,我当时是那么以为的。现在,我终于知道了:所有痛苦都是相同的,不同的只是细节。

回到家后,我的衬衫被汗水浸湿了,并且上面又凝结了道道发硬的盐渍。我把啤酒放进自己房间的壁橱,然后走到厨房,站在窗边,久久凝望池塘上方升腾的水汽。在我家那个简陋的乡村厨房,除了一串马上就干的湿脚印,我不想留下更多的痕迹,表明自己的存在。透过窗户,由近及远,我看到了街道、铁路、树林……看到了整个县城,看到了一栋栋像我家那样的房子。我家的房子坐落在一处大河谷最南端的山坡顶上,附近有片群山。每隔几年,就会有一只惊恐的黑熊从山上跑下来,游荡着钻进剩下的森林。我家又离大海很近。早期的殖民者以为,这片大海是他们溯流而上所能到达的最远端。当年,面对复杂的地质结构,他们别无选择,只得宣布:"我们迷路了,所以,这里将成为我们的家。"小时候,大孩子们总拿我寻开心,骗我说只要使劲闻,就能闻到海水的味道。我每每信以为真,结果被骗得站在"大西洋和太平洋食品超市"停车场上的灯柱和海鸥中间,独自哭泣。但我发现,他们说的是真的,尽管他们的本意是为了捉弄我。

那一片分布着许多池塘和小溪——我家房子下方就有一个池塘和一条小溪。一条条蜿蜒的小溪,最后全都汇入了底部的詹姆斯河,望去宛如一条绳子上无数股分叉的细线。河对岸就是里士满市。有时,市里的那些玻璃建筑会映出底下的詹姆斯河、天上的云朵、市郊的钢铁厂和就快生锈的铁轨。我家的房子就坐落在河水冲刷而成的悬崖上——河水已对这片土地冲刷了千年,而且还将继续冲刷下去。悬崖下的詹姆斯河，弯曲迂回，仿佛商贩为展示货物所拉的横幅。

回到家，所有的一切都会勾起我的回忆，而每一幕回忆又会勾出另一幕回忆。就这样，一幕短暂的回忆接着另一幕短暂的回忆，直到我彻底分不清自己身处何时，又在何地。"孩子，你能去修一下池塘边的篱笆吗？"那些逐渐变短的夏日里，母亲会这样说。于是，我会拿起锤子，抓上一把钉子，经过宽阔的院子，走到篱笆那儿，然后倚着篱笆，凝望池塘。和煦的微风吹来，水面上泛起层层涟漪，令我不由得想起过去。想起什么？什么也没想起，但又想起了一切。塔法市太阳神之门的阴影下，几条狗在湿漉漉的垃圾堆里打滚，狗吠声回荡不止。要是丑陋的乌鸦落到电线上，发出刺耳的叫声，我会情不自禁，想起迫击炮弹的呼啸声。于是，已退伍回家的我，会做好被炸中的准备，并在心里骂道：来吧，狗日的，炸死我吧。等乌鸦飞走，我会猛然醒悟，然后望向身后，看见厨房窗上隐约映出母亲的笑脸。我会向母亲回以微笑，并挥挥手，然后抓着篱笆上松了的铁丝网，用钉子固定到原位。你想放弃，一了百了。你觉得走不下去了，就像来到了人生的悬崖边，不可能继续往前走了——不是因为缺乏勇气，而是因为没地方可走。但时间不会倒流，你无法回头。所以，你想跳下悬崖，彻底放弃，却身不由己。进退两难的痛苦，无时无刻不折磨着你。这就是我当时的状态。

八月底，我离开了家。此前，我已习惯了漫无目的地闲逛，以打发一天又一天的日子。有天早晨，厨房边的一个小房间里，我在自己的单人床上醒来，但真希望自己没有醒。我有这种想法，已不是第一次了。每天晚上，我都会彻夜难眠，胡思乱想，想完记得的事，又想不记得但令自己心生愧疚的事。我闭着眼睛，红绿相间的眼皮上，环绕着关于那些不记得的事的情景，清楚而逼真。我分不清到底哪些事是真实的，哪些事是自己臆想的，但真实的也好，臆想的也罢，我不想再胡思乱想了。我想忘掉一切，想让自己的知觉，像烟雾那样随风飘散。我只想一睡不醒，尽管并未把这个消极的愿望付诸行动。当然，不想醒来跟意图自杀之间隔着条细线。虽然我发现，你可以在那条细线上走很长时间，哪怕自己并未注意，但周围的人肯定会注意到的。接着，自然而然，各种无法回答的问题就会紧随而至。

有天早晨，电话响了。母亲接了。"是卢克，孩子。"她在另一个房间喊道。那时才凌晨三点，我还在睡觉。

"跟他说，我迟点给他回电话。"

母亲走进我的房间，话筒贴在胸口。"你得跟人交流，约翰。老是一个人闷着，不好。"

我从中学就认识卢克了。他是我最好的朋友，不过即使到了现在，这句话似乎也没有任何意义——我的错，跟他无关。他的名字，令我想起了小时候人人都会发现的一件事：要是不断重复同一个字，慢慢地，你听着就像在说胡话了——你的声音好像收音机搜台时的噪音。"就像我刚才说的那样跟他说。"我说。

母亲盯着我。

"我会给他回电话的，妈，我保证。"

母亲把话筒贴到耳边，转过身去。"他太困了，卢克。能让他迟点给你回电话吗……明天？好，我会跟他说的。"

"没事了吧？"我问。

"你这个孩子真是的,约翰,"母亲生气地说,"明天下午,他们要去河边。他们想见你。别人想见你。"

"噢。"

"噢,然后呢?"

"可能会去吧。"

"你可能会去?"

"嗯。"

"我真觉得你应该去。好好想想吧。"母亲挤出一丝微笑。

"真该死,妈,我他妈的一天到晚都在想事情。"

我穿上裤子,来到后门门廊,冲栏杆外吐了口痰——黄棕色的痰。与此同时,从眼皮到指尖,一阵温暖、隐隐的疼痛传遍了我的全身,连身体里面也在隐隐作痛。那一刻,我感觉全身的皮肤就像被打破的嘴唇,敏感而刺痛。我点上一支烟,走下台阶,来到屋后池塘边。夏日的空气非常稠密,眼前的一切,像生亚麻那样明亮而闪烁。我走进更远处的树林。林中有条连着池塘的小溪,陡直的溪岸露出红色的土壤。有个地方,溪水流经一片露出水面的乱石,激起许多漩涡。我看见了自己小时候常来的地方——兀立水中的一座"小岛"。那是块巨石,表面的红色土壤早已风化得荡然无存。一棵大水桦的树根缠绕着那块巨石,并扎入地下,蔓延至溪边的林中空地。弗吉尼亚中部的硬木林,树阴如盖,但还没到秋天,悬垂在这块林中空地和小溪上方的树叶就已开始慢慢变黄、枯萎。阳光从枝叶间透射下来,照得树林里斑斑驳驳。周围的一切影影绰绰,朦朦胧胧,仿佛我的面前隔了一层薄纱。

我走下陡直的溪岸,借着一棵横倒在水面的树,跟跟跄跄地朝巨石走去。水中的那些石块滑溜溜的,但石块之间的间隔,并不像记忆中的那么大。因为头天晚上喝了啤酒，我格外留神，所以走到巨石那儿并非太难。我边走，边用双手扶着上方的巨石，支撑身体。早上的气温已逐渐升高，但巨石底下依然清凉。扶着湿漉漉的巨石表面，我能感受到双手传来丝丝凉意。一棵桦树银灰色的树皮上，刻着某人名字的首字母 JB[①]，共有五六处，大小不一。随着桦树的生长，所刻的那些线条已经拉伸，呈现不同的形状。我爬到桦树那儿，用麻木而温暖的手指，抚摸一道道刻痕。虽然完全不记得了，而且以 JB 为首字母的名字并不少见，但我肯定那些字母是自己刻的，可又对此毫无印象，所以我忍不住笑了。

我坐了一会儿，直到太阳升至头顶。阳光倾泻下来，肩胛骨上汗水直流。我决定沿着铁路，走去城里。但我并非真的想去城里，而是要借此转移自己的注意力，因为我没完没了地想着默夫。我竭力让自己什么也不想，盯着靴子的鞋面，慢吞吞地往回家。走到后门门廊，我抹了把额头的汗，拉开推拉门，走进屋里。往帆布包里装了点东西后，我离开了家。

我不记得自己当时到底在做什么，但有关默夫的记忆，有点像被误导的考古挖掘。我在残存的、关于他的记忆里胡乱翻找，只为否认下面的事实：除了一个洞，其他的一切早已荡然无存。我努力想改变这个事实，却无能为力。没有足够材料可以说明，消失的到底是什么。我努力想在脑中重建关于默夫的画面，但越接近成功，努力重建的画面就越变得支离破碎、模糊不清。好不容易想起某个记忆，另一个记忆似乎就永远消失了，尽管想起的和消失的记忆之间，存在某种比例关系。这就像从背面拼图：每一块的形状都很熟

[①] 主人公的英文名是 John Bartle。

悉，但图案立刻被遗忘了，对着暗棕色的硬纸板背面，怎么也拼不出来。我记得有段时间，自己和默夫夜里坐在警戒塔上，看着战争一点一点地过去——那战争交织着红色、绿色和闪烁的光芒。在那期间，默夫会对我说起，有天下午，在他母亲工作的、位于山坡上的小苹果园，他们挥舞着明晃晃的小刀，割去包扎在嫁接的枝丫上的纱布。或者，他会对我说起，有一次，他父亲从矿上带回家十来只关在鸟笼里的金丝雀，然后在他家所住的山谷放飞了那些鸟，并把空鸟笼整齐地排好。他父亲很可能在想，那些鸟再也不会回来了，空出来的鸟笼可以派别的用场：刚好可以种菜，也可以摆上蜡烛，挂到树林里。没想到，那些金丝雀唧唧喳喳地飞了一会儿，又回来了，落到各自的鸟笼顶上。对此，默夫感到无比惊讶。看到那些鸟整齐而平静地降落，停止叫唤，他当时肯定在想，这个世界真是令人捉摸不透。我绞尽脑汁地回忆，直到再也想不起任何事——我很快发现，自己唯一能确定的，就是再也想不起任何事了；直到默夫的身影变成一个黑乎乎、支离破碎的轮廓；直到我的朋友默夫变成一个素昧平生的陌生人。我对默夫的思念，变成了一座无法填平的坟墓，而一如所有的坟墓，这座坟墓只是野地里一块褪了色的伤疤，一件用来寄托哀思的、可怜的摆饰。

我沿着铁路，朝城里走去。这条铁路位于里士满市东北部，跟老的丹维尔铁路线大致重合。天下起了毛毛细雨。枕木渗出了木馏油①，变得滑溜溜的。灰色的集料②在靴子底下移动。我拖着脚，差不多一步一根枕木，慢吞吞地往前走，几乎没抬过头。漫无目的地走了一会儿，眼前豁然开朗。我这才注意到，自己已经走出树林，

---

① 用于木材防腐。
② 修路用的沙石、骨料。

到了铁路桥的第一个桥拱处，底下是宽阔的詹姆斯河。太阳马上就要落到树林背后去了，平缓的詹姆斯河消失在一处弯头——由那处弯头溯流而上，便是此河位于群山中的源头。河水映着红彤彤的晚霞，橙紫两色交织，非常绚丽。我隔着栏杆，探头望向一次次修桥后留下的石头桥墩。在我之前，一批批的人漫无目的地溜达到这里，站在以前的那些桥上，肯定也会见到类似的景色，也会驻足片刻，探头俯视底下的河水，惊叹连连。他们可能也会见到自己的、随波摇曳的倒影，而看到广阔的河面上，自己的倒影只有那么一点，可能也会觉得自己真他妈的渺小。

没过多久，远处传来低沉的轰鸣。铁轨开始震动，对岸的拐弯处出现了火车灯光。太阳尚未完全西沉，拐弯处的灯光只是微微闪烁，显得很模糊，有如黎明或黄昏时分的孤星。我迅速下桥，又顺着陡峭的土坡往下走了一点，然后坐下，望着打开天窗的火车通过铁路桥。车身的窗户只是隐约可见，更不要说透过窗户，望进车厢了。所以，我不知道车厢里是否拥挤，但还是希望自己能在火车上。也许，这列火车是从首都华盛顿过来的，因为它是由北向南，通过铁路桥的。也许，这列火车是开往南边的罗利[①]或阿什维尔[②]的，或者，也有可能会向西拐上一条支线，开往罗阿诺克[③]和蓝岭。我想找个能跳上火车的地方，但终归没有找到，因为衬着天空和东边城市里的万家灯火，整列火车只是一条比暮色稍淡的黑影。

有条鹿踩出的羊肠小道，从桥头下的土坡通往底下平坦、泥泞的河岸。岸边有片肥沃的河滩，长约五十米，上面到处长着桦树和

[①] 北卡罗来纳州首府。
[②] 北卡罗来纳州中西部城市。
[③] 弗吉尼亚州城市。

榆树。河滩过去,有许多小岛。离河岸越远,小岛数量越少、面积越小,直到最后,变成沙嘴和泥浆,分布在一道道黑乎乎的细流之间。尚未起浪的河面非常宽阔,两岸间的距离没有八百米,也有四百米。河对岸的山坡上,就是矗立天际的里士满市。里士满市坐落的高地下方,分布着多条铁路。高地的这面有条运河遗迹。当年,殖民地商人为打破穿越里士满市的瀑布线的障碍,开凿了那条运河。我在水边生起一堆篝火,然后坐到桦树树枝下,感到天旋地转。夜色里,我孤零零一个人,望着对岸的城市及其所在的高地在天地间飞速旋转。

醒来后,我发现篝火早已烧尽,留下一堆炭灰。已近中午,耀眼的阳光下,我睡过的那片沙地好像一块棕色麻袋布。我用来生火的那些浮木,全都烧成了木炭。音乐沿着水面传来。河中心一块礁石上,平放着一台手提式大录音机。除此以外,那块礁石上还有一群年纪跟我相仿的青年男女:有的躺在毛巾上,有的大笑着纵身跃入湍急的水流。我看见了卢克,但认不出其他人。

篝火产生的烟灰和气味,似乎渗进了我的皮肤。我蹚到铁路桥底下的水里,费力清洗,但洗了足足一个小时后,仍能闻到烟熏味。我顺着土坡,重新走上铁路,然后拖着脚,开始穿越高出水面三十米的铁路桥。我挪到枕木跟桥身相连的桥边,一边顺着生锈的铁轨往前走,一边望着那群男女在清澈的水中嬉笑、游泳。我的一只脚不时地踩偏,落到桥外,脚底下是流淌的河水。天气暖和而晴朗,城市背后的天空一片蔚蓝,万里无云。到达詹姆斯河北岸后,我继续沿着铁路,朝里士满的方向走了一会儿,然后拐上通往水边的小路。

想渡过运河很难。虽然已过了大约两百年的漫长岁月,但仍能看出那条运河是人工开凿的,而且运河里的水有点脏。最后,我发现运河边几棵倒地的橡树挡住了去路,于是原路折回,朝詹姆斯河边的一条小路走去。我顺着小路,来到一处可以俯瞰河面的野营地。此时已是下午,野营地空无一人,但看得出,野营的人刚走没多久。几棵粗壮的榆树下搭着三个凉棚。凉棚中间围成一小块空地,空地上有个用来烧火的深坑和几截用来坐人的树桩。

我把帆布包放在地上,生起一堆火,然后脱下靴子和衣服,挂到火堆旁的一根树枝上。双脚浸在水里,大河在一旁缓缓流淌;广阔的天地间,整个人甚至还没一个小点大——我感到很高兴。一只白鹭掠过我的肩头,翼尖贴着水面,飞向远处。我觉得一个物体离另一个物体那么近却不失控,是完全不可能的。但那只白鹭可不管我怎么想,微微倾斜身子,无比优雅地消失在落日的余晖中。

我所坐树桩的断面上,分布着一圈圈的年轮。这些细小的纹路,密密麻麻,看着有点像凿出来的,或白蚁蛀过留下的,整齐得令人吃惊。卢克他们还在河中嬉戏,轮着从那些宽阔的灰色礁石上跳入一小股急流中,然后顺流而下,漂出三或六米远,好像在游乐场坐过山车似的。他们青春靓丽,阳光快活,看得我不由得心生嫉恨。

我似乎成了行动不便的残疾人。他们是我的朋友,对吧?我为什么不直接蹚水过去找他们呢?可过去之后,说什么呢?"嘿,你好吗?"他们会问。我会回答:"我感觉浑身如蚁噬骨,糟透了,但又不能告诉任何人,因为一直以来,所有人都对我感激不尽。要是告诉别人的话,我会觉得自己不知好歹,或是在向别人暗示:自己不配得到任何人的感激,相反,所有人都应该为我的所作所为而憎恨我。可是，每个人却为我的所作所为而敬重我，这简直快把我逼疯了。"这就是我想说的话。

或者我该说，我想死——不是要跳那座铁路桥，而是希望一睡不醒。世上没有什么，能弥补杀死妇女、哪怕旁观妇女被杀的罪恶。杀死男人也是一样——从背后朝他们射击；他们已经死了，还对他们疯狂扫射。有时，你真想杀死看到的一切，因为你好像中了什么迷药，完全失去了理智，只知道根据从小所受的教育，世上没有任何东西能弥补你正在犯下的罪恶。但就连你母亲都感到无比高兴和自豪，因为你用枪口对准那些人，让他们永远倒下，再也起不来。是啊，那些人可能也想杀死你，所以你说：你能怎么办呢？但其实，这些全都无关紧要，因为到了最后，你本可以做成的一件好事却没有做成——你保证会让那个人活下来的，但他却死了。你亲眼目睹了不忍回忆的各种死法。有段时间，你被彻底击垮了，但他妈的，你甚至都没有意识到。到了最后，你发现只有动物才会令你感到难过——狗的皮囊里填满炸药、旧炮弹、恶心的内脏以及一切像燃烧的金属和垃圾那样恶臭难闻的东西。现在，你到处乱走，浑身散发出那股难闻的臭味。你问：金属怎么会着火的？这些垃圾他妈的都是从哪儿来的？即使回到家中，你身上都还有一股淡淡的余味。你注意到人性从自己身上逐渐消失，直至荡然无存。一切都颠倒了，好像你已跌落谷底，但底下还有个更深的洞，因为见到你——杀人凶手、该死的同犯、分担了一丁点某项狗屁使命的小兵卒子，所有人都感到无比高兴，都想拍拍你的后背。你真想一把火，烧掉该死的整个国家，烧掉看到的每一根该死的黄丝带。你说不清自己为什么有那种冲动，只想骂一句：操你妈。但话又说回来，当初是你自己报名参军的，所以，这一切全是你的错。真的，都是你的错，因为是你主动要去的。你完全是咎由自取，自作自受。所以，干吗不找个地方，缩成一团，一死了之呢？不过，得找个痛苦尽可能小的死法，因为你是懦夫。真的，这一切都是你的懦弱造成的。上高中时，你希望自己能成为真正的男人，但因为你有时喜欢看书、读诗，别人就取笑你，在走廊和食堂捉弄你。等你死后，那些人可能会笑你是懦夫。在内心最深处，你知道自己去当兵，是为了成为真正的男人。但现在，你永远也不可能成为真正的男人，你懦弱得无药可救，没有勇气彻底了断。所以，干吗不找个干燥、清洁的地方，一睡不醒、一了百了呢？

我开始哭泣。夜幕伴着我的泪水降临。闷热的夏日黄昏里，附近铁路桥的路灯投下片片柔和的灯光。那些女孩站在逐渐变黑的礁石上，边笑边用毛巾擦干身子。我站起来，沿着河边小路，漫无目的地走了一会儿，然后站定，脱光衣服，蹚进水里。天很热，但河水清凉。月亮挂在坡顶的树梢上，月光冲淡了路灯的灯光。河面泛着银辉，微微闪烁。我感觉自己逐渐消失在了水里。随着身子向前倾斜，我开始漂浮——微微漂浮、微微下沉、微微入睡。

河里有个梦。我全身赤裸地站在水中，望见对岸有片点缀着梾树和柳树的野地，野地上有群马，看着都一样温顺。所有的马全是杂色的，只有一匹年迈的帕洛米诺马例外。淡淡的月光下，其他的马都在吃草，唯独那匹马看着我。那匹马的四蹄淌着血，屁股上既有挨过打的鞭子印，也有挨过烫的烙印。它温顺地低着头，蹚进岸边的浅水，朝我走来。那匹马四肢的血淌进水里，顺流而下，在它身后呈现一道浅红色的痕迹。它步子迈得很轻，但脸上没有流露丝毫痛苦之色，脚下也只是微微有点迟疑。我仍然全身赤裸地站着，用双手轻轻拍打身边的河水——动作不重，只是用双手在水中来回划着半圆。那匹马离得越来越近。我看着它微微喷着鼻息，平静地晃着脑袋，一次，两次，最后来到我的面前，站定。它很老，身上到处都是鞭子印；四肢不停地淌着血，混入平缓的河水中；虽然伤痕累累，但仍旧挺直地站着。它凑过来，用嘴巴摩挲我的肩膀和脖子，我也凑过去，把嘴巴贴到它身上，并伸出双手拥抱它。我感觉得到，它那布满瘀伤的、衰老的肌肉充满了力量。那双黑色的眸子里满是温柔的目光。

眼前的画面定格了。周围传来该死的吵闹声。叫喊声越来越近："把他弄上去，该死，快把他弄上去！"我猛地惊醒，大口吐水。那些人狠压我的胸部，直到我又吐出一些水。我一半身子在岸上，一半身子在安全的浅水里，晕乎乎地躺在岸边，看着围在自己上方的陌生的脸，冲他们微笑。清凉的河水，轻轻拍打我的双脚。我茫然地笑着，边慢慢苏醒，边想象那匹年迈的帕洛米诺马正在用嘴巴摩挲我。管他的。路灯下，他们在喊着我的名字。天完全黑了。

原来，卢克看见我在水面漂浮，于是借其中一个女孩的手机，拨打九一一报了警。出于对军人的尊重，警察没让我走过场，接受任何心理评估。我根据他们的要求，出示了自己的军人证。他们说："好了，士兵，我们送你回家吧。"他们开车把我送回家。其中一名警察用同情和担忧的目光看着我，说："努力振作起来，哥们儿。要不了多久，你就会重新适应的。"

我打开门，发现母亲正在等我。她猛地捧住我的脸，开始亲吻我的脸颊和额头。"我还以为要永远失去你了。"她说。

"我没事，妈。什么事也没有。"

"我不知道你到底出了什么事。我都快担心死了。"母亲站了一会儿，走到搁板那儿，在信堆里紧张地翻找起来。"除了这封信，我还接到一些电话。"她说。

"是吗？谁找我？"

母亲转过来，看着我。从她的眼睛里，我看到了自己带给她的所有痛苦和恐惧。"一个什么上尉。他说他是刑事侦缉部的，"母亲缓慢而几乎不出声地说，"他想跟你谈谈。"说到这里，母亲开始朝我走来。我避开她，走进自己的房间，关上门。母亲的声音穿透层层劣质人造木板，传进来："那边出了什么事，约翰尼？出了什么事，孩子？你干了什么？"

出了什么事？出了他妈的什么事？这甚至不是问题的所在，我想，这怎么会是问题的所在呢？你又该如何回答根本无法回答的问题呢？说出发生的事、大概经过和时间顺序，就像是一种背叛。时间的多米诺骨牌对称地排列起来，接着某个模糊而犹疑的动机轻轻一推，那些骨牌就纷纷向后倒塌，从而说明倒塌是所有物体的最终归宿。但这不足以说明到底发生了什么事。所有的事都发生了，所有的物体都倒塌了。

八

二〇〇四年十月

伊拉克尼尼微省塔法市

我们获准进行休整,以躲避炎热和沙尘。接着,我们遭受了在塔法的第一场风暴。风暴过后,秋天紧随而至。连日来,天空阴沉,暴雨如瀑,微微缓解了难忍的炎热,也稍稍冲涤了飞扬的沙尘。但我们仍然精神紧绷,而且还变得浑身湿透。

果园之战几天后的清晨,即将破晓的那一刻,一位少校来到我们排所在的基地。果园之战中,我们排表现出色,以自身仅伤亡寥寥数人的代价消灭了大量武装分子,并把平民的伤亡降到了最低限度。这为我们赢得了一项相对轻松的好差事:巡逻四十八小时、休息二十四小时的定时巡逻。少校到来前,我们在塔法南郊那片鲜有人住的房屋之间穿梭、巡逻。他到达时,我们刚结束巡逻,回到基地。我们把装备往地上随便一扔,然后摆出各种姿势,倚靠在低矮的混凝土掩体和树上。

少校及其副官穿过伪装网,步履悠闲地来到我们排所在的区域。"所有人,立——正!"那名副官厉声喝道。

中尉摊着四肢,躺在混凝土掩体顶上呼呼大睡。我军用迫击炮向敌人轰炸时,我们经常躲进那个掩体,借打扑克或进行贴身摔跤比赛消磨时间,直到最后一批炮弹呼啸着飞过头顶。那名副官喝令之后,中尉并没有反应。少校和他的副官彼此对视一眼,然后看着我们。我们也看着他们。直到这时,我们都没怎么注意到他们的存在。就连斯特林也没有动。他还背着全副装备,而且一如既往,佩戴得整齐而严实。黎明前,我们曾挤在一条污水渠里,边小心翼翼地拔出一个男孩脸和脖子上细小的弹片,边等待救护直升机到来。由于风暴的关系,天上层云密布,直升机无法飞行,迟迟不来,所以我们一连等了三个小时。我们实在累死了。

那名副官清了清嗓子,更大声地喝道:"立——正!"但我们全都沉醉在凉爽的雨幕和清晨的寂静中,几乎没有听见。

这时,斯特林自己醒了。他望着正在酣睡的中尉,打起仅存的一丝精神,有气无力地说:"稍息。"

少校开始讲话,我们则开始走来走去。只有斯特林还保持军人的样子,专心听着。不过现在回想起来,他当时也就剩下军人的样子了。自始至终,少校在一旁大声宣读嘉奖令,我们则自顾自地忙着各种事情:有些人在伪装网和防水布下的干地上擦拭武器;有些人不顾下雨,在红色塑料桶里清洗衣服上的沙尘和盐渍,把满桶的水洗得又黄又脏。虽然,也有些人拿从家乡寄来的食品跟人换取香烟,然后点上一支,加入少校的听众当中,但大多数人对这个不期而至的嘉奖仪式并不上心。少校一条条地宣读授予我们勇气勋章和各种嘉奖的命令。给人的感觉,好像那些命令是什么东西,逐渐被水泡软,分裂成湿漉漉的一块块,然后由他分发给点到名字的人。至于对方接受与否,就看那人当时的感兴趣程度了。

只有斯特林的晋升引起了一些议论,而这主要是因为,他同时获得了一枚表彰作战英勇的青铜星章。不过,我们轮流拍了拍他的肩膀,并说"你真行,中士""这是你应得的,中士"。斯特林向少校行了个干脆利落的军礼,然后来了个标准的"向后转",坐回原来的地方,像刚才那样靠在树上。系有丝带的勋章攥在他的手心里,没有露出丝毫。

少校及其副官的身影消失后,我才注意到整个嘉奖仪式中,默夫始终没有出现。接下去的几周，我开始隐约感到他在故意躲着我。最初，我没有在意，因为并未发生什么特别的事。一块儿巡逻时，他对我爱理不理的，但平常，他偶尔也会这样。在基地看到他时，他会表现出有什么急事的样子。要是我打算上前打招呼，他就会背过身去——如果避无可避，就立刻低下头。但默夫的这些表现全都情有可原。因为他妈的，他离开埋葬了他大好青春的矿井才一年左右。默夫经常说起那家该死的矿产公司。"西普山矿，"他会说，"现在回想起来，那里简直就是人间地狱。我们要在凌晨三四点，躺在矿车里下矿井。我躺在矿车里，望着上面，心想世界就在离自己几米远的上方，还想上面的人巴不得矿层突然坍塌，好把我砸得粉身碎骨。""妈的，巴特，"他会说，"每次，我会一连几个星期都见不到太阳。"

"真的假的？"

"千真万确。"默夫会这么回答。

塔法的天气又开始热了，但我们还是得出去没完没了地巡逻。真的太热了，就算太阳下山后，沙子似乎还在发光。我们热得他妈的实在受不了，于是就拿斯特林开玩笑，故意激他。"中士，现在的温度都达到一百二十度了。我们干脆投降，回家算了。"有人会这样开玩笑。

"闭上你的臭嘴。"要是心情不好，斯特林会这样回应。难得有几天，他似乎心情不错，那样的话，他会回过头，看着正在费力翻墙或踩着坡岸的碎石、爬出污水渠的我们，笑着说："活着就得受罪。"每当这时，我会对默夫说："要是有人能早点让我们明白这个狗屁道理就好了。"说这话时，我和他都感觉自己已经瞎了，因为阳光实在太强烈了——偶尔，整个天空看着就像个巨大的太阳。

我花了大量时间，努力想弄清，自己到底是从什么时候开始察觉默夫的变化的。因为不知为什么，我觉得人生就像一口钟，如果能弄清默夫是从钟的哪个位置滑下钟面的，我就可以采取相应的补救措施。但默夫身上发生的变化非常隐微，要分辨这些变化就跟测量暮色的灰暗程度一样困难。任何事情的起因都是不可能发现的，我开始觉得战争就是天大的笑话，因为它残酷无比，因为我极度渴望测出默夫奇怪的新行为相对于旧行为的细微偏差；渴望弄清他的行为到底是什么时候、为什么出现那些偏差的；渴望消除自己心中的愧疚。有天下午，茫然地对着一个水桶丢石子时，我猛然意识到，其实，自己才是笑话。因为要是不知道什么是偏差，又怎么能测出偏差呢？这个世界根本没有中心。我们所有人的"钟"都碎裂了。

日复一日，我坐在沙尘里，对着一个水桶丢石子——丢偏了也没关系。我满脑子都是默夫的事，老是想起曾对他母亲许过一个荒唐的诺言，但不记得自己到底说了什么或他母亲想让我做什么。把他带回家？把他安然无恙地带回家？不管是否缺胳膊断腿，只要把他带回家就行？我想不起自己到底许了什么诺言。要是他感到不开心，要是他精神失常了，算我食言吗？我他妈的连自身都难保，还怎么保护他啊？去你妈的，疯婆子，我会在心里这样骂道，然后又开始从头想起。

最后，我找斯特林说了自己的担忧。他大笑着说："有些人就是他妈的适应不了，二等兵。默夫已经是死人了，你最好接受这一点。"

我不以为然地反驳："绝对不可能，中士。默夫已经适应了。"我试图对斯特林的话一笑置之，所以重新转向他，补充道："默夫肯定会没事的，他很坚强。"

斯特林坐在稀疏的树枝下，对着一截折断的斧头柄雕刻动物。"二等兵，你忘了自己正走在危险的边缘，因为现在处处都是危险的边缘。"斯特林停下来，点了支烟，然后叼着烟，继续雕刻。烟灰变得越来越长。"要是你的心在你的屁股之前回到了美国，那你他妈的就是死人了。告诉你，你不知道默夫到底会怎么样，但是我知道。"

"他会怎么样，中士？"我问。

"默夫的心已经在家里了，巴特尔。过不了多久，他的屁股也要盖着国旗回去了。"

我转身离开，打算去找默夫。斯特林在我身后喊道："真正的回家之路只有一条，二等兵。那就是在这个狗日的鬼地方，你绝对不能把自己当成正常人。"

我知道，斯特林的话不无道理。接下去的几天，默夫变得令人捉摸不透。为了猜透他的心思，休息的日子里，我开始胡思乱想。我会在很少有人走动的基地边缘找个黑乎乎的掩体，躲在里面，边灌着约旦产的劣质威士忌，边抽泣着自言自语。后来回想起来，那段日子，我自己也开始变得像个幽灵。我开始想象自己死在了阴冷的混凝土排水管里——无数个夜晚，我曾在那些别无用处的混凝土排水管之间穿梭、徘徊。要是有人能够看见我，他们可能会看见我蜷缩在城市的地下——就在地面以下——逐渐死去。我的喃喃自语并不奇怪，而是必然会发生的，所以，路过的男男女女不会怎么注意我。他们可能会说："真遗憾，他无法振作起来。"有人可能会回应:"是啊,太惨了。"但我不会接受他们的同情。我可能会冻得浑身麻木,但不会要求别人的理解。不,我只会坐着自言自语,羡慕他们撑着大伞,不用淋雨,羡慕他们能过平淡却美满的生活。但这并没有什么作用,也不可能产生什么作用,因为雨滴会继续落到我歇息的胡同里、排水管上。雨滴会继续落到停车场的边上——你在那些停车场待一两个晚上后,可能才会被人发现。雨滴会落到城市的公园里——在那些公园,我可以举着硬纸板,在树叶或光秃秃的树枝下躲雨,但我写在硬纸板上的那几句哀辞会被雨水冲得根本认不出来。雨滴会一如既往,落在塔法的土地上,淅淅沥沥,断断续续,持续整个战争期间——每场雨的开始和结束都只是无奈的哀叹。

那天晚上,我坐在基地东部边缘的一个掩体里,小口喝着一瓶"皇马"白兰地,出神地盯着掩体入口。时间一小时接一小时地流逝,夜幕不断降临,圆形小口外面的房屋和宣礼塔逐渐被染成了紫色、黑色。我想象自己各种可能的死法,想象死亡的全过程。过不了多久,在秋天或即将入冬的某个时候,我会第一次受伤。那时,天气会非常寒冷。我肯定会流血,说不定还会遭受脑震荡、听觉受损、气浪冲击。我会流血。我要流血了——我有点口齿不清地大声说了出来。模糊的声音在混凝土排水管里不断回荡。默夫会发现我的尸体,但前提是,我得先变成一具中枪而死的尸体。不过,我死于爆炸的可能性更大——边缘呈锯齿状而且翻卷的弹片会划破我的皮肤,嵌进我的身体。人在遭受爆炸后,似乎总会一片茫然。我也一样,会茫然地倒在地上,流血不止,直到脸色变得死灰,直到浑身上下的皮肤变得死灰,最后变成一具尸体。我又把"死灰"和"尸体"轻声说出了口。声音回荡着,逐渐传出短短的混凝土排水管的两端。我就要死了。回声好像一股细流,流进了排水管外面的黑夜里,流进了绵绵细雨中。我看见了默夫。我喝醉了。醉眼惺忪中,我看见他轻轻地抱着我被炸得血肉模糊的脑袋,看见他拽着我的两条胳膊,拖动我的身子。我的双腿僵硬而无力,在地上噼里啪啦地移动,遇到凹凸不平的地方,就弹跳几下。但我只顾看着默夫和自己的身子,并未注意到自己的双腿。我大笑起来。我看见了水,看见自己正在漂浮,血液染红了水面。我似乎闻到了自己的血腥味,一股刺鼻的金属的气味。我醉得不省人事。我看见一口口黑乎乎的劣质锡制棺材,看见弗吉尼亚,看见坟头活像一排排牙齿的墓地,看见鲜花盛开的梾树林,看见飘落的花瓣和正在为我哭泣的母亲。我看见泥土被压实,看见蠕虫和国旗,看见一口锡制棺材逐渐腐烂,最后化为褐色的泥土。我想起了默夫和水,并用怀疑的口气,轻声说出了"水"字。然后,我睡着了,什么也不记得了,只记得自己说了个"水"字,以及这个"水"字在混凝土排水管里产生的回声:"唰,唰,唰……"

雨停了。天气凉爽了些。又轮到我们进行连续四十八小时的巡逻。我们对巡逻的事早已感到麻木,甚至已经意识不到自己的残酷:打人、踢狗、搜查,活像一群凶神恶煞。我们就是一群没有意识的机器人,但我不在乎。

我和其他人已经几天没跟默夫说过话了。在一个洗衣桶里,我发现了默夫的伤亡人员信息卡、他前女友的来信和他跟前女友的合影。那些东西已变成了碎片,泡在肥皂水里。我捞起那些碎片,装进自己的衣袋。为了弄清默夫到底在干什么,我开始跟踪他。我不愿相信自己正在关注一个已死的人,所以努力寻找他还活着的证据,寻找生命的迹象。

我发现,基地里到处都有"默夫到此一游"的小标记:一条细线上方画着两只眼睛和一个鼻子——一个人正在墙头专心窥探的样子,看着非常滑稽。细线上方有时会有两只手,有时没有,但总会有两只眼睛和一个鼻子,以及"默夫到此一游"几个字。我怀疑在塔法服役期间,默夫可能到处画这样的涂鸦。所有的涂鸦都没有标明日期,至少,我发现的那六七处没有,但我怀疑那几处涂鸦存在的时间都不超过一星期。我努力根据那些涂鸦,推断默夫的行踪——通过逐一排除,逐渐缩小范围,从而确定他可能会去的地方。接下去的几周,我特别留意了食堂、运输连、远处的那几座警戒塔,甚至还去了基地的穆斯林市场。那个穆斯林市场,是旅部的上校批准建立的,以便我们参与当地人的黑市经济活动,从而更深入地帮助他们。但哪里都见不着默夫的踪影。

我无计可施,只得四处打听:"有人知道默夫最近都去哪了吗?"

"不知道,哥们儿。"有些人回答。

"我他妈的怎么知道啊?"另外一些人反问。

我看见斯特林正在晒太阳:脚跷在一小堆沙袋上,眼睛上搭着本色情杂志,以遮挡无力的阳光。"嘿,中士,你最近见过默夫吗?"

"见过,"斯特林回答,"他最近一直去医疗站看一个小妞。"

"总部医疗站?"我问。

"不是,你这个笨蛋,"斯特林回答,"他看的是我们的医务兵,胖妞斯密娣。"

"噢，对。我打算去那里，看看他到底在干吗。"

"随你的便，二等兵。"斯特林说。于是，我猫着腰，穿过掩体之间和营房之间拉着的伪装网，走出我们排所在的区域。我边走边用手抬着松垂的伪装网，免得伪装网像裹尸布似的落到自己身上。昏暗的光线从伪装网的空隙透射下来，宛如起伏的涟漪，落到我的双手和身体上，落到脚下的土路上。我沿着土路，向医疗站所在的小山坡走去。

我边走边一支接一支地抽着烟，来到山坡脚下。满眼沙尘上矗立着一座用护墙板搭建的小教堂。因为饱受狂风吹刮，护墙板的许多地方已经碎裂，上面的白漆也剥落了不少。小教堂周围稀稀疏疏地种着一些树，但那些树尚未扎根，在炎炎夏日里自顾不暇，更不要说为人提供树阴了。坡顶的沙尘被略微冲刷了一些，开辟出一块直升机停机坪。停机坪后面是一片帐篷和裸露的混凝土排水管，排列得有如一座迷宫。那片小小的营地周围垒着一圈低矮的石头围墙。抬眼望去，那堵石墙好像一根带状的、失去了钙质的骨头，随时可能轰然倒塌。

山坡并不陡。我登上坡顶，然后回过身，俯瞰下面的基地。基地周围分布着一些警戒塔和炮台。基地外面有一条公路和一条铁路，两条路并行数百米的距离。因为最近的雨水和凉爽的天气，那两条路路旁的常绿阔叶树垂下了枝条。低垂的枝叶那边，是杂乱无章、四处蔓延的城市，远远望去，活像一个瘫倒路边的醉汉。

"嘿，巴特。"默夫招呼道。

他背靠裸露的石头，瘫坐在石墙投下的阴影中。

"你最近都去哪儿了，哥们儿？"我问。

"我来这里了，这里。"

"你没事吧？"

默夫双手插在衣袋里，伸着腿，双脚交叠。他似乎正在看着医疗站，等待什么东西出现。就在这时，天边传来直升机的轰鸣声。一架逐渐逼近的直升机摇摆着不断下降，最后脱离阳光的照射，进入阴影里。医疗站扬起无数沙尘，在高速转动的螺旋桨下方打转、狂舞，好像一股股小龙卷风。我挨着默夫，坐到石墙下。我们用手紧紧捂着身子，免得身上的衣服被刮到弥漫的沙尘中。

一等直升机悬停在停机坪上方，医疗站里的人就忙碌了起来。一名医务兵引导直升机降落，另两名医务兵则在准备担架。即使从我和默夫在围墙边的位置望过去，都能看见那张担架上粘满了锈褐色的斑斑血迹。还有一名医务兵蹲在担架旁的沙尘里，是个金发女孩。她身穿棕色的短袖T恤，手上的橡皮手套长至白皙的胳膊肘——T恤的短袖卷得高高的，露出同样白皙的肩膀；手套是天蓝色的，衬着满眼土黄色，显得格外醒目。我和默夫目不转睛地盯着那双手套，不放过每一个细微的动作，看得呆住了。

"你在看那个女孩？"我问。

"这就是我来这里的原因。"

直升机降落后，机工长和那几名医务兵从机舱的钢板底板上拖下来一个男孩。那男孩痛苦地号叫着，但叫声完全淹没在了螺旋桨刺耳的轰鸣中。直升机的机舱底板、机工长和医务兵的胳膊以及担架上，到处都染上了男孩的血。剪开的裤子底下，男孩那条血肉模糊的左腿已完全没有了腿的形状，像是一摊泥灰色的、粗糙的玉米糊。女医务兵给那条腿扎上止血带后，另外那几名医务兵抬着担架，朝临时医院跑去。女医务兵则跟在担架旁边，一只手抓着伤员的手，另一只手抚摸伤员的脸、头发、嘴唇和眼睛。不一会儿，他们就消失在了帐篷里。与此同时，直升机起飞了，倾斜着机身，向着地平线逐渐远去。城市上空的轰鸣声慢慢消失了，帐篷里传出的伤员的号叫声变得越来越重，由不得人不听。附近闲逛的几个人停下脚步，驻足凝听。我和默夫一动不动地坐着，一言未发。渐渐地，响彻在大家耳畔的号叫声变得越来越弱，最后听不见了。我们真希望那名伤员不再号叫，是因为他的嗓子喊哑了，或者医务兵对他施了麻醉，他呼吸着清凉的空气，沉沉地睡着了。但我们知道这只是自己的一厢情愿。

"我想回家，巴特。"默夫说。他弄了一撮湿鼻烟，塞到下嘴唇后面，然后朝沙尘里吐了口唾沫。

"快了，哥们儿，快了。"我说。

那几个过路的继续溜达起来，慢慢地下了山坡。

"回去后，我永远也不会告诉别人我来过这里。"他说。

"有些人还是会知道的，默夫。"

那名女医务兵慢吞吞地从帐篷里出来了，并摘下满是黑色血迹的手套，丢进一个桶里。她的胳膊很白皙，两只手却黑乎乎的，看起来很小。我看着默夫，终于知道了他为什么来这里。不是因为那女孩漂亮——尽管她确实漂亮，而是因为别的。我们看着女孩从肥皂盒拿出肥皂，在用螺栓固定在柱子上的简易洗手池里洗手。她整个人沐浴在午后的阳光里，连颈上柔软的汗毛都清晰可见。天空飘过几朵闲云。女孩坐在地上，点了支烟，然后盘起腿，开始低声抽泣。

我终于明白了，默夫之所以日复一日地来这里，正是因为那女孩的哭泣，而不是因为她的美貌。那座山坡，坡顶的那些帐篷，女孩所坐的小小的地方，仿佛一片净土，保存了我们生命中的最后一丝温柔和善良。因此，默夫跑到这里来看那女孩坐在沙尘里低声抽泣，也就不足为怪了。我终于明白，默夫为什么会来这里，而我又为什么会舍不得离开——至少是在当时。因为你永远无法知道，自己看到的东西，过后是否会再也见不着了。毫无疑问，默夫想看善良的东西，想看漂亮的女孩，想找个仍存在同情心的地方，但这些并非真正的原因。真正的原因是，他想要选择；想要用不管什么东西，来替换内心不断增加的苦闷；想要自己决定让哪些东西在身边聚集，想要拒绝碰巧或意外地落到他身边，像吸积盘①那样绕着他转的东西；想要一个自愿选择的记忆，以抵消强加给他的一切东西的残骸碎片。

女孩站起来，把烟头扔到地上，用靴子尖踩灭，然后经过杂乱无章的杨树和朴树——那些朴树已经枯萎了，朝教堂走去。教堂座落于一处满是沙尘的凹地里，显得与周围的环境格格不入。教堂过去，平坦的坡顶另一头，有片伪装网，底下是一门门火炮。搭建教堂的护墙板已经弯曲、变形，木板之间出现了一道道裂缝，容阳光从教堂的一边透射到另一边。教堂尖顶及尖顶上简陋的十字架，远在城边都看得到。远远望去，整座教堂好像破败、斑驳的白色框架，把女孩的身影框于其中。教堂没有门，墙上的那些窗户，既没有窗框，也没有玻璃，只是几个洞而已。随着女孩的走动，她身后的地面扬起一小股纤细的沙尘。

我把一只手搭到默夫肩上。"我们会没事的，"我说，"我们是朋友。我们知道怎么回事。"

"我不想跟任何人因为这事成为朋友。来到这里，不能成为我

---

① 一种由弥散物质组成的、围绕中心体转动的结构，常见于绕恒星运动的盘状结构。

们是朋友的原因。绝对不能。"

"对，哥们儿，"我说，"我和你，我们本来就是朋友，不管在哪儿都是朋友。我们并不是因为这事才成为朋友的。"我不记得说这些话时，自己是不是认真的。和现在完全不同，那时的我根本不会思考，只觉得一切都是突然的、从未遇到过的，只知道留心接下来可能会杀死自己的各种威胁。现在想想，我甚至不知道，我跟默夫当时是否真是朋友。直到他死后，我才开始想要弄清，自己到底为什么而愧疚。

我抓着默夫的手，拽他站起来，开始和他走回我们排所在的区域。我感到非常担心，我知道他想说什么。他不愿跟任何事或任何人，哪怕是我，因为这个地方而扯上关系。我担心的是，他要怎样才能做到那一点。

没走几步，我们就听到了迫击炮弹来袭的声音。一时间，尖锐的呼啸声大作，整个天空仿佛突然之间变成了沸腾的水壶。我和默夫一下子没有反应过来，面面相觑，呆若木鸡。那个瞬间，我们没有任何感觉，说不上是害怕还是不怕；我们没有说话，也没有动；我们就像受过枪声训练的马匹那样，大眼瞪着小眼。我分辨不出第一发炮弹的落点，但听得出离我们很近。炮弹挟着逼人的气浪，有如一只铁拳，重重地砸中大地的胸口。我的脚下，整块大地都在颤抖；我的眼前，只看见刺眼的火光一闪，接着就腾起了灰色的浓烟，有如泼向泛黄的画布的暗色颜料。巨大的爆炸下，所有的一切不是变成碎屑，就是化为灰烬。

我下意识地扑倒在地，双手抱头，张开嘴巴，双脚交叠，然后数了数心跳——还有。身下不断传来猛烈的震荡，头顶上，弹片呼啸着四处飞溅。深呼吸。再次深呼吸。呼吸变得越来越困难了。集中精神。

我放弃了，投降了，死定了。我的身体没有任何知觉，全凭记忆做出各种反应。"默夫！"我听到自己的声音不知从什么地方传来，在沙尘和烟雾里回荡不止。"默夫！"没人回答。这时，教官的喝令声出现了，响彻在我尚未被炸碎的脑袋中：缩小身子，二等兵；你这个笨蛋，要是想活下去的话，就他妈的把身子缩进头盔里去。

我没有数到底落下来多少炮弹——根本数不清楚。嘭，嘭，嘭……我不顾一切地把周围干燥的泥土拢到自己面前，浑然不觉双手已磨得鲜血淋漓。大地的震荡通过掌根，一直传到我的胳膊肘。像铆钉那样嵌入地面的军服纽扣，也被震得颤抖不已。缩小身子，二等兵。你他妈的给我缩小身子。

炮声停顿了片刻，但停顿的时间极其短暂，就像一缕从云层透射下来的无力的阳光那样，令人几乎觉察不到。我感到胸部一阵发紧，仿佛一根根肋骨变成了患有关节炎的手指，紧紧地攥起了拳头。我仍然趴在地上，脸和身体在所趴的地方留下了一个印子。沙土灌了我一嘴，磨着我的牙，还给我的舌头裹上了一层表面带有颗粒的"薄膜"。鼻孔里也全是土。每一下呼吸都变得沉重而困难。我感觉自己正在坠落。那种感觉就像你晚上做梦，梦到自己的手从最后一个攀附点滑脱，整个人开始不断坠落，坠落，接着你就醒了。

我想听听有没有警报解除的信号，但什么也没听到。我还活着，我想，妈的，用血淋淋的双手给自己挖了个坟，却又不死了。紧接着，还没等我跪起来，炮弹又开始下落了，尽管不像刚才那么密集。原来只是火力调整。没人提醒方向或距离，所以我开始狂跑。我吓得眼泪汪汪，小便失禁。虽然毫无必要，但我还是大喊了一声"我没事"，然后撒腿就跑。我的两条腿软得如同没有凝结的果冻。"我在动！"我尖叫着，跑一步抽泣一下。"我卧倒了。"我说着，气喘吁吁地扑进山洼里一条又脏又臭的污水渠——若能大难不死的话，估计得几个星期，才能洗去身上的异味。我把整个身子都浸在水里，只露出鼻子和眼睛。远处，一群画眉四散而飞。过了一会儿，炮弹飞掠的声音离得越来越远，爆炸声逐渐消失了。我再次听到碎片撕裂空气的声音，但已不像刚才那么密集了。我在污水渠里又待了一会儿，直到确定所有的碎片都已落地。肮脏的水面升起一股股灰色的烟雾。"妈的。"我轻声说，总算逃过一劫。

为弄清自己的位置，我环顾了一下四周。污水渠横贯了整个基地；污水渠的一边是教堂和医疗站所在的山坡，另一边紧挨着另一座小山坡，上面有一排战前就遭遗弃的房子。那里便是上校批准穆斯林建立的、被大家称为穆斯林商场的集市。敌人轰炸的目标肯定是那个集市，因为看起来，那些简陋的店铺遭受了大部分炮火。我上方的小丘上，那些穆斯林排着队，抓着一串串木制念珠，开始齐声哀号着祈祷，听上去非常凄惨。集市几乎被炸成了废墟，到处都在熊熊燃烧。店铺之间的空地上，散落着廉价的仿造手表的各种残骸。扭曲、破碎的钟面显示着错乱的时间。线圈、弹簧以及金色和银色的金属部件七零八落，散得到处都是，使千疮百孔的地面在阳光下闪闪发亮。

最后几发炮弹爆炸后产生的沙尘和浓烟逐渐消散了。浅蓝色的天空飘着几抹淡淡的云。最后的几缕轻烟，向着那几抹云越飘越高，越飘越远。迟到的警报声刺耳地尖叫起来。我爬出污水渠，深一脚浅一脚地朝烧毁的集市走去。靴子灌进了臭烘烘的污水，走起路来，扑哧扑哧直响。

集市院子里，几名医务兵正在救治伤者。一名店主躺在沙尘里，略带黑色的血液从他的颈静脉汨汨涌出。那双黑色的眼睛瞪了一下，接着紧紧地闭上了。那双脚一直在乱踢乱蹬。破旧的棕色凉鞋好像两支画笔，来来回回，在沙尘里画下两根极具抽象派风格的线条，看着有如一面大钟的两根指针。医务兵抬着那人的脖子，紧紧捂住伤口，但无济于事。没过多久，那人流干了身上的血液，最后猛地抽搐一下，不动了。围在他身边的商贩们，赶走医务兵，抬起他的尸体，扛到肩上。血液浸湿了他们的白色大袍和头巾下摆。有个商贩拿了块胶合板过来，放到院子中间枯竭的喷泉上。他们把那人的尸体放到胶合板上，念起超度亡魂的经文。教堂附近的火炮开始震动、弹跳。拉火索的每一下拉动，都会让无数炮弹呼啸着射向天空。那人躺过的地方变成了锈褐色。他四肢的最后一次抽搐，在沙尘里留下了怪异的印痕。我单腿跪下，想看得清楚些，但立刻别过了头，同时感到一阵恶心，差点没把胆汁呕出来。有如风雨侵蚀大地后留下的痕迹，地上的印痕深深地烙进了我的脑海里。直到转身离开，我仍能看见那个栩栩如生的印痕：一个沙做的血淋淋的天使。

我不安地朝教堂走去。教堂的尖顶已经倒塌。小小的木十字架断裂了，斜插在一丛柽柳旁的泥土里。那个女孩——女医务兵，躺在教堂旁边的地上，离我预料的位置不远。一绺绺头发在她身后的沙尘里随风飞舞，似幻似真。她的双眸半闭半睁。两个穿军服的男孩伏在她身上，笨手笨脚地对她进行救治。在此过程中，他们好像表演古代哑剧似的，一言不发。

我走到那两个男孩身边时，其中一个抬起头，看着我说："我觉得她死了。"另一个跟着转过身来——是默夫。他张着嘴跪坐着，双手搭在大腿上。"我昨天刚刚来到这里。"抬头的那个说。默夫一动不动,一言不发。"我不知道该怎么办,"抬头的那个哭了起来,接着喊道,"医务兵他妈的都死哪儿去了啊?!"我俯下身,隔着女孩的身体,抓住那个男孩的肩膀,把他拽起来。

"振作点,哥们儿,"我说,"我们得把她抬到医疗站去。"

教堂的两块变形而破旧的护墙板压在女孩身上。我们伸手,把那两块木板挪开,发现:爆炸的冲击撕裂了女孩的 T 恤;她体侧有个深深的伤口,这时已停止流血;她的皮肤已变成惨白的死灰色。我们理了理女孩的 T 恤,盖住她的身体,然后把三块木板并排铺在一起,把女孩抬到上面。

我找了根绳子,把三块木板绑在一起,然后和那名新兵抬起女孩的尸体——新兵抬着脚那头。"默夫,"我说,"过来给我们搭把手。"教堂被炸成了废墟,四处冒着烟。默夫无助地蜷缩在原地,反复念叨:"出什么事了?"我和那名新兵抬着女孩的尸体,往坡顶的医疗站走去。默夫的喃喃自语离得越来越远,最后听不见了。

我们抬着女孩的尸体,经过一片桤树和柳树。附近燃着许多小火堆,火焰的灼热使桤树和柳树垂下了枝条。苍老的枝条拂过担架上的女孩,似乎也在为她哀悼。我们怀着无比崇敬的心情,小心翼翼地往前走着。我们的双手紧紧地抓着木板的边缘。细小的碎片扎进手心,一阵阵绞痛。撕裂的衣服下,女孩的尸体随着我们的脚步微微晃荡。她身下的木板嘎吱作响。一小群正在查点人数的男孩停下来,转向我们。有如庄严的阅兵仪式,我和那名新兵抬着女孩的尸体,经过一身身褪色的、满是污渍的军服,逐渐登上平缓的山坡。到达坡顶后,我们把女孩连同她身下的木板放到一棵树下。这时,她的身体已经变得半透明,呈浅蓝色。有名士兵跑去通知医务兵。我们看着那些医务兵来到女孩身边,抓着她、拥抱她、吻她。

女孩的身体在朋友们的怀里毫无生气地翻来翻去。夕阳下，那些医务兵围着女孩痛哭流涕。我双手抱着后脑勺，开始离开。阿訇的祷告声又响了起来。地平线上，残阳如血。火焰从正在倒塌的教堂蔓延开来，点燃了那丛柽柳。到处散落着余火未尽的木块，好像一盏盏路灯，照亮了我脚下的路。

九

二〇〇五年十一月

美国弗吉尼亚州里士满市

秋天再度来临时，我已在河边旧煤气厂的楼里住习惯了。我的生活非常简单——孤身一人，住在高层的一套房间里。对我来说，这样的生活堪称完美。偶尔，有只花斑流浪猫会光临那个挂在窗前的、乱糟糟的花盆。那只猫喜欢在各扇窗户的窗台和窗沿溜达，在楼外那些空调机箱和为数不多的几个阳台之间跳来跳去。有一两次，我伸出手，打算抚摸它。"过来，哥们儿，"我说，"过来，小猫咪。"但那只猫仅仅喵喵地冲我叫唤几声，继续把脸对着一截光秃秃的断枝蹭来蹭去。我把几枚勋章挂在小煤气加热机的上方，把从默夫头盔里拿的那张照片，用大头钉钉在窗边开裂的墙角里。我几乎足不出户。

有时，我会穿过一座小桥，去河对岸的城里买一箱啤酒或一盒冰冻肉馅饼。回来的路上，我大多数时候都低着头、盯着靴子的鞋面走路，所以总是发现退伍后，自己的步伐越来越小，最后完全变成了拖着脚走路。天够冷的话，我会拿几瓶啤酒，在窗台上放过夜。因为没有适当的厨具，我就用烤盘加热馅饼。每当夜幕降临，窗户四周结起白霜，我就开始浏览从垃圾桶捡来的杂志，寻找自己曾经去过的地方。我会吃一顿半生不熟的晚饭；为了让自己睡着，又会喝足够多的、在窗台冷冻的啤酒。我不时地把干瘦而苍白的胳膊伸过发黄的窗帘，边用似乎脱离了身体的一只手抓起窗台上的啤酒，拿进屋里，边对自己说：睡觉前最后一瓶，真的最后一瓶。窗户正对着河道拐弯处的小河谷。我老是想，如果这时有人从河边望过来,他们会看到什么。

我从凯马特廉价超市买了支廉价步枪。每天早晨,我会走上楼顶,举着步枪,朝底下墙根处越积越多的垃圾射击。偶尔,子弹会迸出火星,溅到余火未尽的木块上,引燃木块下的硬纸板和织物。我还会用瞄准镜瞄准空中的飞鸟,让手中的枪管紧随它们的身体移动。但每当这时,身体总会不由自主地一阵哆嗦。接着,我会不停地装上子弹,卸下子弹,再装上子弹……但并不开枪。浇了沥青的楼顶上,没打出的子弹在折椅周围散了一地。

那段时间的生活,差不多就是那样。我过得好像无人光顾的小博物馆馆长,对自己也没有太多要求。无所事事的日子里,我会把从塔法带回的某样小玩意儿放回鞋盒,换出另一个。那些小玩意儿,诸如一枚弹壳、一块军服右肩的布料,记录了我的一段人生。但我怀疑,自己是否非得经历那段人生。

我知道刑事侦缉部的调查人员早晚会找到我的,也完全清楚他们想要什么。默夫的事,得有人受罚,罪责大小,倒在其次。我有罪,那是肯定的,我自己对此也一清二楚。至于我们究竟犯了什么罪,将会面临什么指控,似乎并不重要。欲加之罪,何患无辞。他们会给我们安上足够大的罪名,从而让正义得以伸张,让默夫的母亲感到满意,不再追问军方是否在刻意掩饰她儿子死亡的真相。

至于我?那封信?估计得坐五年牢吧。新兵训练期间,我们曾在礼堂接受过仓促而冗长的法律指导,但我早已忘得差不多了。接受法律指导的头天晚上,教官把我们折磨得死去活来:先是让我们在营房走廊进行连续几个小时的魔鬼训练——根据教官的口令,接连做俯卧撑、仰卧起坐和站立,然后又是晨跑,跑得我们双腿直打颤。我只记得那天,主席台上的法务部军官站起来,开始唠叨根据

《统一军法典》,我们应该怎样怎样,而台下的我昏昏欲睡,感觉自己正舒服地窝在剧院的软椅上。对于此事,我并非无可指责。有些人会说,你本该知道那条法律的:妈的,你是士兵,一夜没睡,就扛不住了?这个,你们得理解,我不是什么英雄,也不是征兵海报上的优秀士兵,能活着挺过训练,已属万幸。为了能挺过训练,我愿意付出任何代价。那正是我的懦弱之处:我知道欠下的债早晚得还,但不要让我马上就还,行行好,不要让我马上就还;只要能再宽限一点点时间,我什么都愿意付出。

那一天在不知不觉中到来了。情况出现了转变。催债的传票到了。我记得那天,天灰蒙蒙的,下着雪,白茫茫的大雾笼罩着詹姆斯河。十一月就下雪,这在弗吉尼亚简直不可思议。我边依稀回忆家乡过去的雪景,边看着一模一样的雪花纷纷扬扬,落到各家旅馆和那些废弃的烟草仓库上。最后,我逐渐忘记了一切回忆,完全被眼前的景象所吸引:詹姆斯河上大雪纷飞,天幕低垂,白茫茫一片。

从塔法回来后,我一直过得浑浑噩噩,弄不清具体的时间和日期。不过,话又说回来,那天只不过是普通的一天,仅仅因为下雪,才跟前一天有所区别。发现下雪了,我把手伸出窗户,静静地欣赏外面的雪景。雪花触着我的皮肤,逐渐融化。楼底下有条林荫道,两旁种着西卡莫树和梾树。光秃秃的树下,那些雨花石仿佛蒙上了一层白色的薄膜。有辆车停了下来,看着像是"水星"[①],银灰色的。一个男人从车上下来,并关上了车门。不知哪里来的光,照得他肩上那几条银色的小杠闪闪发亮。

[①] 汽车品牌。

那天以后，我的耳畔老是响起那串连续不断的脚步声，我的眼前老是浮现那人在街上走路的身影。现在回想起来，当时本该请求天公暂停下雪的，好给我宽限一点时间，免得立刻面对即将发生的事。但时间的流逝，并不由人摆布。

不一会儿，房间外就传来了敲门声。我边打开门，边为自己的状况感到羞愧：胡子拉碴，人不像人，鬼不像鬼。此前的很长时间里，我一直庆幸自己做到了一般人做不到的事：放弃、忘却、等待……至于等待什么，我并不知道。上尉走进门，站在空荡荡的房间里，显得异常高大。我只穿了一条运动短裤和一件脏兮兮的背心，另外从肩膀起，裹着条薄毯子。房间里很冷。外面大雪纷飞，白茫茫一片，窗户好像挂了块裹尸布。我浑身臭烘烘的，酒气熏天——我已经几周没清醒过了。

"约翰？"上尉轻声问。

"我是，长官。"

"我是刑事侦缉部的安德森上尉。"上尉说着，把帽子放到小桌上。除了那张桌子，房间里几乎没有任何其他家具。"你知道我为什么来这里吗？"

"我妈说——"

"她说你离开了家。"

"是的。"

上尉笑着说："你跑不掉的，约翰。不过，我们只是想找你谈谈。"

他说话有点奇怪：口气不重，但透着力量和决心，像是"军队母亲"在说话。他个子很高，面部的肌肉像运动员那样紧绷，而且挺着啤酒肚，活像一名单身的终身体育教师——那些单身的终身体育教师，经常会买上一箱六瓶装的啤酒，独自一个人，边喝啤酒边看体育新闻。他的眼神有点疲惫。对于一名上尉来说，他显得太老了。

"你认识拉登娜·墨菲。"

我没有搭话。

上尉从夹克内袋掏出一个透明袋，袋里装着一封拆过的信。信封的口子撕得很不整齐，看信人拆信时肯定非常迫不及待。"我不是在问你问题。"说完，上尉走到挂着勋章的墙边，仔细打量每一枚勋章，并在默夫的照片前停了一会儿。

"这封信是你写的。"

我不知道该说什么。如果写那封信是错的，那我就是犯了错误。如果写那封信没有错，那我也犯下了足够多的其他错误。我已做好了准备，愿意接受任何惩罚。一时间，关于那场战争的回忆像万花筒似的，一幕幕地闪过我眼前。我不由得闭上眼睛，感到过去的时间有如瀑布，劈头盖脸地倾泻到自己身上。我无法描述那场战争。关于那场战争的一切，根本说不清楚。他们想让我对一个并未发生过的故事负责。

窗外传来夜鹰的叫声。我睁开眼睛。上尉仍站在原地。我无法理解，区分上一个时刻和下一个时刻的标志是什么。我无法理解，自己的每一次呼吸如何会成为记忆，并被赋予一定的意义，保存起来，成为日后据以回答问题的各种材料。

上尉等了一会儿，问："怎么，你已经放弃了？"

"没有。"

"但看起来，你已经放弃了。"

"外面的世界跟以前不一样了。"

"世界没变,是你自己跟以前不一样了。"

"谁在乎呢。"

"然后呢?"

"我不知道该怎么融入外面的世界。"

"嗯……你的想法,我也有过。那时,大家称之为懦弱。你看过医生吗?"

"嗯,看过。"

我记得那个漫长的二月,在没有季节变化的科威特,我们日复一日,望着有如一片死海的无边沙漠,盼着遥遥无期的隔离赶紧结束,然后回家——回家。隔离的目的,是为了让我们接受评估,以检验我们重返"人间"的能力。最后,整个连队被赶进一座巨大的帆布帐篷。穿戴整齐的男孩们,在一排排长凳上就座。带夹写字板、铅笔和问卷,通过传递,分发到每个人手里。帐篷外,沙漠仍在不断扩张,像水浪侵蚀堤岸那样,逐渐吞噬周围的植被。看情形,黄色的沙海似将淹没整个大地。不过,能远离北面的塔法、远离战争,大家感到非常高兴。帐篷里,我们身下的长凳深深地陷在沙子中。远处的尽头,一名军官开始讲话。

"孩子们,你们作战勇敢,又受到英明的领导,所以活了下来。现在,我们将送你们回家。"

我感到一阵心乱。

"等一下,我要让你们填写写字板上的表格。这份表格将会测出你们的压力状况。"军官拉了拉浆洗过的、薄军服的衣角,弄平军服上的褶皱,接着说,"你们放心,不管是谁,如果感到任何——呃——不适，政府都会尽力为他提供最好的心理卫生保健。更方便的是……"

军官讲话过程中，我开始看问卷上的问题，并且完全沉浸在问题所提供的各个选项里，琢磨不同的选项预示着哪些心理问题。我忘记了周围的一切：沙尘、军官傲慢的讲话和反常的、炎热的二月天气。

问题一：你参加过作战行动吗？

我选了"是"。

问题二：杀死敌人后，你是什么心情？请在下面相应的空格打钩。

A. 高兴

B. 不舒服

军官仍在继续讲话："这份问卷是有严格的科学依据的。要是经评定，你的压力过大，我们会找最好的医生为你治疗。你甚至可以待在这里，哪儿都不用去。等你治愈了，鸡巴又能硬了，就可以回家了。"说完最后一句话，他微微笑了笑，好像是让我们知道，他跟我们还是兄弟，"军队母亲"仍一如既往地深爱我们，但前提是，我们先得经受这些磨难——多么可笑！

我想起了斯特林中士在默夫死后说的话：操他们。没错。我的人生有了新的计划：操他们。我选了A，然后回家了。

"是的，是我写的。"我终于回答了上尉的问题。

"叫长官。"上尉的口气微微改变了。

"我已经不是你们的人了。"

"我们随时都可以找你，二等兵。"上尉说着，从信封里取出信纸。房间里一片寂静，只听得到展开信纸的窸窣声。"妈，这里一切都好。斯特林中士很照顾我们……"

"别念了。"

"怎么？"

"别念了。我说了，是我写的。"

"你知道这是错的？"

"也许吧。"

上尉抖了抖信纸，说："我们知道发生了什么。我们知道你干的事情。"

"我什么也没干。"

"我们了解的情况，可跟你说的不一样。你有什么要解释的吗？"

"没什么好说的。"

上尉大笑几声，开始在房间里来回踱步。

那个时候，我觉得自己就像废物，甚至比废物还不如。直到现在，我仍这么觉得。偶尔，我能清楚地记起过去的事。偶尔，看到有只鹿来到小屋背后的小溪饮水，我会拿出步枪，但就像之前无数次那样，最终没有开枪，只是坐在那儿，浑身哆嗦，直到太阳西沉。每当那时，我会突然发觉，自己闻不到那些气味了：火药的气味、金属燃烧的气味、排气管排出的呛人气味、熏羔羊肉的气味、底格里斯河里垃圾的气味——那天，我们曾蹚进那条河里，河水漫到我们的大腿。我翻来覆去地胡思乱想：也许是我的错；妈的，是我干的；不，我没干过；好吧，并不是那样的，但有时候真不好说，毕竟，我们的记忆，有一半是想象出来的。

上尉不会把一切都告诉我，只说发生了一次杀害平民的恶性事件，云云。上头觉得必须严惩某个人，以证明所有背着枪、在他国平原上闲逛的士兵都是负责任的——世界上，几乎每个国家都驻有美国的军队。但就在上头注意到这次事件之前，斯特林去休假了，而且再也没有回来，负起他应负的责任。

导致上尉来找我的，是一条传闻。事情的真相早在几名士兵的回答中歪曲了，因为各人的记忆不尽相同。也许，他们中的一两个人是故意那么回答的，而其他人很可能是为了迎合一位母亲的猜疑。因为塔法那天发生的事，那位母亲痛不欲生，惹人可怜——那天的事，我偶尔觉得已经过去很久很久了。

现在回想斯特林中士，我终于明白，他不是不把别人当回事的那种人，不是只关心自己的反社会者，把别人的生命看成透着微光的窗户上的模糊影子。我估计有人问过他一些问题，而他只是随便回答了几句，敷衍了事，并未想到提问之人会往他留下的空白中添加各种内容。

直到现在，我仍然相信斯特林，因为我的心脏还在跳动。任何人说谎，都是为了让自己活下去。到了现在，我干吗还关心真相、关心斯特林呢？事实的真相是，他根本不为自己考虑。我甚至不确定，斯特林最后有没有意识到，他被允许拥有自己的欲望和喜好：可以拥有一处最喜欢去的地方；不管下一个服役地在哪儿，都可以在该地笔直而没有尽头的林荫道上惬意地漫步；可以欣赏万里碧空下，大片修剪整齐的绿色草坪；可以寻条清澈见底的小溪，躺在铺着细沙的浅水里，任清凉的溪水冲刷遍体鳞伤的肌肤。我不知道斯特林最喜欢去的地方到底什么样子，因为我不相信他会有最喜欢去的地方。他只会等着别人派给他一个地方。那就是斯特林。他的人生完全从属于别人，就像沿轨道运行的天体，只是因为摇摇摆摆地绕着恒星运行才被大家注意。他所做的一切，都是事前安排好的。他能够为自己做的事，真正为自己做的，只有一件。那也是他在短暂而混乱的一生中所做的最后一件事。

上尉一说完"意外"两个字，我就闭上了眼睛，看见斯特林中士正在一座山坡上，嘴里含着步枪枪管；看见子弹从他脑袋穿出的瞬间，他的身体顿时变得毫无生气；看见他的身体顺着山坡，往下翻滚了几米，他的双脚最后落到一堆松针上，露出磨损的靴子底。我睁开了眼睛。

"就这样，嗯？"我问。

上尉走过来，把一只手搭到我肩上。我能看见，他的另一只手在大衣底下摸手铐。"你不会有事的，约翰，"上尉说，"相信我。"

"全是谎话。"

"没办法，孩子。得有人为这事负点责任。"

"找个替死鬼，嗯，上尉？"

"如今的世界，谁都是替死鬼。这是场该死的战争。你准备好了吗？"

我手腕朝上，伸出双手。上尉喀嚓一声，铐住了我。"你不会有事的。"他再次说。

"我真希望这是句真话。"我说。

"我也是，不过，正是这样的谎言，才使世界得以运行。"

"我能带点东西吗？"

"带吧，不过到了那里，会被他们拿走的。"

"没关系。"说着，我走过去，拿起默夫和自己的伤亡人员信息卡，塞进身上运动短裤的松紧带里。

上尉领着我,走下阴冷潮湿的楼梯,来到街上。他的车停在小桥对面的马路上。走到桥中间,我问能不能稍微停一会儿。得到上尉同意后,我笨拙地把两张卡片扔进河里,然后看着它们顺流而下,越漂越远,直到漂过那座古老的铁路桥,彻底消失在视野中。时间尚早,阳光还未驱尽河面上弥漫的晨雾。天空仍然灰蒙蒙的,好像还要下雪。我转向对岸的树林,看见整个世界是由无数极短暂的瞬间构成的,每个瞬间短暂得有如两个电影镜头之间的间歇,肉眼难以察觉,而未被记录的、构成我人生的各个片段,一直在像电影那样一幕接一幕地上演,只是我自己从未注意。

十

二〇〇四年十月

伊拉克尼尼微省塔法市

张着嘴哭泣的默夫，消失了。迫击炮弹把破旧的教堂屋顶砸出了个窟窿。女医务兵摊着四肢，躺在从那个窟窿透射下来的一束阳光里。周围茂盛的杂草沾染了她的斑斑血迹。默夫是在看到这一幕之后离开的。他没有参加女医务兵的葬礼。女医务兵的葬礼上，旅部的军士长把女医务兵的步枪插在她的两只靴子中间，并把她那顶完好无损的小头盔套在步枪顶端。此时，默夫已通过铁丝网的一个窟窿，离开了基地。沙尘里散落着他的衣服和拆卸开来的武器部件。

默夫消失了，但我们尚不知情。大家懒洋洋地待在我们排所在的区域，半睡半醒。月光下，胶合板搭建的警戒塔和蛇腹形铁丝网上分布着片片阴影。谁也没想到这天晚上会有什么不同，直到几小时后，斯特林中士平静地走到我们中间，说："有人今天吃错药了。都他妈的给我打起精神。"他显得非常恼怒，因为我们"千姿百态"，毫无纪律：有的躺着，有的站着，有的聚在一块儿，有的独自坐在稍微远离大家的地方。不过，很难分辨下面三件事，到底哪件最令他恼怒：他手下乱糟糟的，东一个，西一个，好像从小孩玩具盒倒出来的玩具兵；查点人数时，手下的表现糟糕透顶；有个手下失踪了。警报声大作，响彻整个基地——一如往常，事情已经发生了，警报才响。"我们去找到他。"斯特林说。

我们迅速集合，抓起步枪，准备向塔法市区进发。一队队士兵从基地各个大门倾泻而出，拥上一条条胡同和街道。一百支步枪装填弹药的声音，在闷热的黑夜久久回荡。随着我们到达城边，进入市区，那些亮着灯的房屋匆忙拉上了窗帘。我们端着步枪，走过一个又一个地方，吓得街上的狗纷纷躲进阴影里。此时已过宵禁时间，市区空荡荡的，有如一片地下墓穴。黑乎乎的胡同纵横交错，整个城市又像一座巨大的迷宫。谁也不知道，我们会一小时之后回来，还是一星期之后回来；会毫发无损地回来，还是会在湿冷的水渠或干燥的沙地留下身体的一部分。世事难料，计划和努力都是徒劳。筋疲力尽的我们，似乎终于知道了自己到底有多么疲劳。我们排的人有如从拖把布拧下的一股细流，朝横跨一号公路的那座桥前进。走了约一千米后，终于，有个人高举着双手，出现在一栋房子的门口。只听见哗啦一声，二十支步枪同时对准了他。

"先生，先生，别开枪，先生。"那人带着浓重的喉音，结结巴巴地求饶。他站在门口昏暗的灯光里，浑身哆嗦，显然非常害怕。"我见过那个男孩。"他说。

我们把那人的双手捆起来，让他背靠他家的砖墙，坐到地上，然后找来一名翻译。来的翻译，戴着露出双眼和嘴巴的黑色面罩。他和那人开始你一句、我一句地交谈。我们则密切注意街上的情况，目光在窗户和路灯、路边弯曲的树木和漆黑的阴影之间来回扫视。翻译跪在那人大腿上，双手揪着那人肮脏的大袍。通过翻译的肢体语言，我们知道他是在问：他在哪儿？你知道些什么？

那人来到他家附近的商店，打算给妻子买点杏子哈尔瓦[①]。他和

[①] 一种甜食。

店主是朋友。他们在聊天气热、家庭和打仗的事。聊着,聊着,背对着街的他发现,店主突然脸变得僵硬而苍白,眼睛大睁并放出光来。于是,那人把钱放到柜台上,慢吞吞地转过身。

从基地旁的铁轨上走过来一个赤身裸体的外国男孩——除了晒成古铜色的手和脸,身上其他部位没有任何颜色。那男孩像幽灵似的,在瓦砾和铁丝网之间穿梭,双腿和双脚淌着血。

那人边说,边用祈求的目光看着我们,好像我们能为他解开什么谜团似的。说话过程中,他不停地挥舞被捆绑的双手。最后,他终于停下来,歇了口气,把双手放到头顶,用磕磕巴巴的英语问:"先生,那个男孩为什么裸着身子走路啊?"他这么问,好像我们知道原因,但为了折磨他,故意不告诉他似的。

有人用胳膊肘推了推翻译。后者喝令那人继续往下讲。于是,那人又说默夫穿过街,径直朝他们走来。默夫走过的地方,沙尘里留下一串带血的脚印。走到他们身边时,默夫抬起头,茫然地望向天空,并停下脚步。

我们想象当时,默夫浅蓝色的眼睛哭得通红;闷热的夜晚,整座城市都好像蔫了;干燥的微风中混杂着臭水沟的臭味、熏羔羊肉的香味以及附近那条河清凉的水汽。

默夫拖着脚,摇摇晃晃地朝那两人走去,身上大汗淋漓。他仿佛漫步于一座静谧的巨大博物馆里,边走边欣赏画中城市的基本结构和暮色的浓淡深浅,根本没有注意到那两人的存在。

斯特林中士说出了大家心中的不耐烦:"他妈的,他到底在哪儿?"

"嗯——"那人鬼鬼祟祟地回答,"我不知道。"他们曾试图唤醒发呆的默夫,并喊着求他返回基地。但就在他们大喊大叫时,默夫看见了一个老乞丐的身影，于是转过身，隔着他们望了很久，然后走开了。

那两人看着默夫越走越远。他赤裸的身体似在不停地闪烁，一会儿隐没在黑暗里，一会儿出现在昏暗的、一闪一闪的路灯下。那个乞丐佝偻着身子，在环形路口边上的垃圾堆里翻找东西。穿越路口的默夫，横冲直撞地走过一束车前灯，逼得往车辆纷纷急刹车。一时间，刺耳的刹车声此起彼伏。没等默夫到达对面，路口的所有车辆都停了下来。车上的人打开车门，探着身子站在车子底板边缘，震惊地看着他。那一会儿，除了劣质发动机气缸的噪声，听不到其他任何声响。

那两人最后看到默夫时，他淌着血，走到了穿粗布衣的乞丐身边。那乞丐仍蹲在垃圾堆旁，仔细收集瓜皮和面包皮，顾不上赶一赶头顶盘旋的苍蝇。黄色的路灯下，那群苍蝇闪闪发亮。那人说一如其他所有人，他和店主对眼前的情形感到十分震惊。灯光里，一所破败不堪的老房子墙边，老乞丐抓住默夫的手，拉着他走进了黑暗中。

那人看了看翻译，然后看着我们，说："他们走进胡同……消失了。"我们割断那人手上的绳子，然后朝西北方的环形路口走去。靴子踢起的沙尘，落到我们的裤腿上，看着好像一层石灰。一群飞鸟及其影子掠过我们眼前。周围传来几个沉闷的声音：远处有辆车子在响；一个老头在某所房子门口喘着粗气，他妻子的睡袍下摆在泥土地上窸窸窣窣地拖动。我们翻过一个小坡，看到眼前到处都是灯光。

我们走到路口，然后沿路口边缘散开。路口的那些人一脸茫然，在车子之间来回穿梭，低声交谈。他们的手拼命地指来指去，仿佛在人生的十字路口选择人生的方向。

进入灯光前，我们检查了自己的武器，并预测了可能遭遇的威胁。有人耸了耸肩。于是，我们起身，走出黑暗的边缘。跟站在路口的那些人相比，我们的行动整齐划一，我们的样子与众不同。他们中的大多数人四散而逃。我们知道他们是因为害怕才跑的，所以并未追赶。剩下的人坐进老爷车，开车离去。破旧的发动机发出刺耳的轰鸣。橡胶的气味跟弥漫的腐臭混杂在一起。

我们顺着路口的边缘搜查。路边的几盏路灯发出细微的嗡嗡声。遭到遗弃的车子尚未完全冷却，不时发出轻轻的滴答声。我们在阴影里搜寻默夫留下的蛛丝马迹，以弄清他的去向。一名二等兵在一条胡同里喊了起来。那条胡同的口子被一块破旧的绿色雨篷遮挡，显得非常隐蔽。

那名二等兵正跪在地上，仔细检查一堆腐烂的柑橘。柑橘上密密麻麻地布满了苍蝇。我们朝那名二等兵走去，同时看着他用双手在湿漉漉、黏糊糊的果肉堆里扒来扒去。成群的苍蝇在他身边盘旋，不时围上去叮咬他。腐烂的柑橘堆里渐渐露出一摊黑乎乎的水迹。铜的气味越来越浓，跟乞丐捡的烂柑橘的气味混杂在一起。

"那是血！"有人说。一束光线顺着胡同，照向远处。我们眼前出现了一串微微发亮的脚印，通向一座黑乎乎的迷宫。那座迷宫里分布着一段段台阶和一个个未知的拐角。我们再次检查了自己的武器，并在轻微的拉动枪栓的噪音中，默默地鼓起勇气，然后走进胡同。

黑暗中，我们循着一只燕子的叫声，七弯八拐，来到一处岔路口。岔路口中间趴着个老头，身穿薄薄的、满是沙尘的粗布衣，散发出阵阵烂柑橘的臭味。有人轻轻地踢了踢老头。毫无反应。月光下，尚未凝固的血液从那人的靴子不断滴落。我们把乞丐翻了个身。烂疮化脓的臭味扑鼻而来，令人难以忍受——他受过毒打，身上本已结痂的烂疮全都爆裂了。我们脚下，灰白色的尸斑迅速布满乞丐皱巴巴的皮肤，并且变得越来越苍白。

斯特林中士咬着下唇，站在蜷缩的尸体旁。他的双手随意地插在衣袋里，步枪松松地挎在肩上。

"现在怎么办？"我们问。

斯特林回过头，耸耸肩，说："妈的，我也不知道。"

我们脚下的死人似乎动了一会儿，但那只是因为尸体正在变得僵硬，死去的肌肉在那老头脆弱的骨头上微微收缩。谁也不知道到底该走哪条路。我们在铺着石板的地面上仔细搜寻脚印，但一无所获。大家开始担心，默夫可能因为失血过多，无力抵抗，像睡得迷迷糊糊的孩子那样，被人一把抱起，掳走了。我们的脑海中不禁浮现了以下这个画面：一些人发现了昏睡在胡同里的默夫，于是把他劫持到一处地下室，用火烧他，打他，让他求生不得，求死不能。

一名士兵朝西边陡峭的河岸走去。大家跟了上去。反正没有更好的选择，碰碰运气吧。我们经过了一处清真寺。两座宣礼塔高高地耸立着，望去好像是弯的。

太阳开始冉冉升起。整座城市逐渐染上各种颜色：灰色、金色和其他许多泛白的色彩。但一切都是灰蒙蒙的。快到河边时，天已热得让我们脑袋发胀。其他小队也在寻找默夫。哒哒哒的枪声不绝于耳，不时还能听到简易炸弹的爆炸声——嘭的一声，响彻空中。不过，我们并未遭遇任何抵抗。一看见我们，人们就立刻四散离去。我们分成两队，顺着一条大街的两边前进。路边尽是烧毁没多久的车辆残骸。

我们来到城郊一处空旷的广场。不远处站着个人，腿边跟着两条难辨品种的黑色杂种狗。衬着一片光秃秃的休耕地，那人身上的白袍和腿边的黑狗显得格外扎眼。他正在把拖车套到一头三条腿的骡子上。骡子的右前腿没了，取而代之的是一条木头义肢。那人漠不关心地瞥了眼我们——二十名全副武装的士兵，接着回过头，继续忙自己的事。派了翻译过去打听后，我们东倒西歪地散坐在广场上，枪口对着几扇打开的窗户和附近几条空无一人的小路。

翻译和赶车的交谈了几句。后者转向一条小路，指了指我们刚才经过的清真寺的其中一座宣礼塔。那座宣礼塔是石头砌成的，塔身斑驳，斜着倾向河岸，望去好像随时都可能倒塌似的。我们跟那座宣礼塔只隔着一条小路和几块光秃秃的荒地。

斯特林中士边考虑下一步行动，边不停地拨弄枪上的瞄准镜——一会儿调成夜间模式，一会儿调成日间模式。最后，他对着满是沙尘的地面吐了口唾沫，说："他们就没有什么东西可种吗？"顿了一会儿，他问翻译："他怎么说的？"

"昨天晚上，他看见几个不认识的人走进了那座宣礼塔。"

"多少人？"

"五六个。"

"他们的样子奇怪吗？"

翻译露出困惑的神情，问："跟谁比？"

斯特林蹲下身子。"听着，你们在这儿警戒。"他对排里其他的人说，"我和巴特尔去那里查看一下。估计不会有什么发现。"

赶车的主动提出给我们带路。他在前面走，身后的骡车载着他在人间的全部财物。木棍轻轻的抽打下，那头骡子露出温顺的目光，驯服地往前走着，脚下发出一串三连奏的蹄声——那条义肢的顶端包着皮革,所以没有发出声音。骡车上,一张破旧的拜毯盖着几罐黏土和石头。除此以外,骡车上还有铸铁用的材料,混杂在一堆稻草编成的小玩意儿中间。那些小玩意儿饰有青绿色、暗红色和绿色的珠子——珠子的色彩都是天然的。随着骡车的颠簸,车上的铸铁材料和小玩意儿不停地晃来晃去。

路边贫瘠的土地上,立着一棵孤零零的树,枝叶低垂,在浑浊的微风中摇曳不止。随着越来越接近宣礼塔,河水的气息变得越来越浓。那种清凉、湿润的味道,我们已很久没有闻到了。经过那棵树和那一片河水的气息,一座斑驳、泛白的粉红色宣礼塔,以不可思议的角度,赫然耸现在我们眼前。那座塔的塔身好像一条粗线,横贯了我的整个视野。赶车的举起一根长长的、烧焦的雪松木曲柄棍,轻轻地打了一下骡子的屁股,意思是让骡子停下。骡子立刻停下脚步,接着,在后面的拖车继续往前移动了几米后,它又用那条义肢单腿跳了一下。骡子脸上的表情平静而安详。

赶车的脱下凉鞋,搁到骡车上,接着动了动脚趾,似在给双脚解乏。然后,他朝骡车前面走去,边走边左右张望几次,大概是为了确定自己在这个世界的位置。瘸腿的骡子在平静地呼吸。赶车的给骡子喂了个梨,并缓缓地抚摸骡子的口鼻。骡子边嚼着口中的梨,边用黑色的眼睛向他致意。接着,赶车的经过满是沙尘的荒地,走到那棵孤树边,找到一处角度合适的大树根,躺倒在低垂的枝叶下。

我看着斯特林,耸了耸肩。他也对着我耸耸肩,然后冲赶车的喊了一句。他的声音在路边和那棵孤树之间久久回荡。将近中午,烈日炎炎。我们耷拉着肩膀,等着赶车的回话。

赶车的喊着回了一句。隔了同样长的时间后,翻译复述了赶车的话。这更增加了我们的困惑。他们的声音在空中回荡着，令我有种似曾相识的感觉。

"他说他已经来过这个地方了，不想再走一遍同样的路。"站在不远处的翻译用蹩脚的英语说。没等最后几个字传到我们耳边，他的声音就消失了。我们诧异地望着翻译，后者指向宣礼塔下的一片植物，补充道："检查那里。"

斯特林冲翻译示意了一下，说："好了，你滚吧。回其他人那里去。"

"我不明白，中士。有点不对劲。怪怪的，"我说，"感觉像是陷阱。"

斯特林极其平静地看着我，说："拜托，二等兵，我还以为你已经明白了呢。我们要找的就是'不对劲'。"

我等着他继续往下说。

"妈的，"他说，"只有一个办法才能找到。"

这个男孩，名单上的这个名字和号码，让我们找得好苦。随着翻译的一指，我们的担心变成了现实，我们的希望彻底破灭了。我们认输了，以一种奇怪的方式。但到底是向什么认输的，我们并不知道。远处还在传来断断续续的枪声。城里将会到处散满弹壳。本来就千疮百孔的房屋将会增添新的孔洞。我们回到城里以前，人们将会把血液扫到街上，冲进阴沟。

我们望向赶车的老人。荒地里，他平静地躺在树阴下。我们第一次注意到他老迈的年纪和那双神秘的黑眼睛。老人笑着，挥手赶走几只蜜蜂。他身上的白袍随风飘动。我们转过身，朝宣礼塔周围的灌木丛走去。

宣礼塔底部的灌木和花草细小而干枯，看着一点即燃。高耸的宣礼塔向着河面倾斜，仿佛随时都可能倒塌。我和斯特林顶着正午的太阳，绕着宣礼塔底部走了一圈。宣礼塔塔身拔地而起，矗立在沙尘和枯死的植物之上，有如一个巨大的惊叹号。终于，我们在一小片枯萎的风信子中找到了默夫。他一动不动地躺在枝叶形成的阴影下。

那片风信子就是默夫到达的尽头。他那僵硬的、浑身骨折的身体，扭曲成不可思议的角度，躺在闪闪发亮的粉红色宣礼塔下。不知是风还是路过的人，给他盖上了一层灌木。我和斯特林先拨开默夫脚上的灌木。那双血淋淋的脚很小。看到那双脚，负责后勤保障的中士可能会说是七号，但默夫再也不需要靴子了。抬头望向塔顶，上面有扇窗，窗上安着两个给阿訇扩音的喇叭。显然，默夫是从那扇窗户掉下来的。

丹尼尔·墨菲死了。

"仔细想想的话，还没高到那种地步。"斯特林说。

"什么？"

"我认为，他很可能掉下来之前就已经死了。那扇窗还没高到能摔死人的地步。"

的确，默夫不是因为从那扇窗户掉下来而摔死的：碎裂的骨头本已碎裂，而且没有任何落地前挣扎的迹象。但他已经掉下来了，已经死了，再纠缠是不是因为掉下来摔死的，毫无意义。

我们把默夫从乱糟糟的枝叶间拖出来，让他摆出稍微有点尊严的姿势，在地上躺好。然后，我们站在旁边，仔细打量他：浑身骨折，到处布满瘀青和刀割的口子；除了脸和手，身上的皮肤仍然苍白；双眼被挖掉了；脖子几乎完全被割断，耷拉的、左右摇晃的脑袋仅靠颈椎跟身体连在一起。我们把默夫像被猎杀的死鹿那样，拖到灌木丛外面的干草地上。拖的过程中，我们竭力不让他赤裸的身体跟坚硬的地面发生碰撞，但没有成功。他身体上下跳动的样子永远烙进了我们的脑海里。他的耳朵和鼻子也被割掉了。

跟我们一块儿待了十个月后，十八岁的默夫成了无名死尸。报上将会刊登他在新兵训练期间的照片——身穿军服，下巴长着几颗痘。但在现实中，我们再也看不到他的那副模样了。

我从背包拿出防潮被，盖到默夫身上。实在不忍看下去了。我们中的大多数人见过许多种死法：粉身碎骨的人体炸弹——化为无数黏糊糊、滑溜溜的血肉；堆在水渠里的无头死尸——活像堆在小孩玩具架上坏了的玩偶；有时甚至是我们的人——在离临时医疗站只剩三十秒路程的地方，哭喊着流血而死。但谁也没见过默夫的这种死法。

"我们该怎么处理他的尸体呢？"我问。这句话的意思似乎很不好理解。我琢磨来琢磨去，终于意识到，这事得我们自己决定。一个男孩在世界某个鲜为人知的角落惨遭杀害，为国牺牲了。另外两个男孩，一个二十四岁，一个二十一岁，将决定该怎么处理这个男孩的尸体。我们知道，要是把他的尸体弄回去，我们将会受到各种盘问。谁发现他的？发现时，他是什么样子？现场是什么样子？

"妈的，小鬼，你用不着非得这样啊。"斯特林对脚边的尸体说着，一屁股坐到干草地上，摘下头盔。

我挨着默夫的尸体坐下来，开始浑身颤抖，摇摇晃晃。

"你知道我们得怎么做。"

"像这种情况，我不知道，中士。"

"我们必须那么做。不管什么情况。你知道这点的，巴特。"

"可能会变得更糟的。"

"这不是我们决定的。我们根本无权决定。"

"中士，你得相信我。我们不能让那事发生。"

我们都知道那事指的是什么。世上没有多少真正神秘的事。默夫的尸体会用飞机运往科威特。遗体处理部门会尽最大的努力，对他的尸体进行修补和防腐处理。接着，他的尸体会运往德国，并在飞机补充燃料过程中，塞进一口普通的金属棺材里。然后，运送他尸体的飞机会在多佛降落。有人会带着全国人民的感激，用一面国旗迎接他的尸体。他那痛不欲生的母亲会揭开棺材盖，看到自己的儿子——丹尼尔·墨菲遭受的残害。最后，他会被埋葬，被所有人遗忘，除了他母亲。此后的日子里，在阿帕拉契亚某个山区，他母亲每天都会在摇椅上孤零零地枯坐到深夜，忘了自己，忘了洗澡，忘了睡觉；他母亲会一支接一支地抽烟，任嘴角的烟灰变得越来越长，随时都可能掉到自己的脚上。除了他母亲，我们也会记得他，因为我们本来有机会改变整件事情。

斯特林站起来，开始踱步。"我们好好想想，"他说，"我得抽支烟。"

我给了他一支烟，又给自己点了一支。我双手直哆嗦，加上又有风，费了好大劲才打着火机。风掀起防潮被，默夫那张不成形的脸露了出来。斯特林盯着那对窟窿似的眼窝。我把防潮被重新盖好。时间一分一分地流逝。几只鸟唧唧喳喳地叫着，从灌木丛飞进飞出。哗哗的流水声清晰了许多。

"这事，你最好别弄错。"

我没有把握。我想收回所有的话。"这事真他妈的难办，中士。"

"冷静，哥们儿，冷静。好吧，"斯特林沉思了一会儿，接着说,"就这么办。你用无线电告诉翻译,叫他让那个穆斯林赶骡车过来。告诉其他人,我们没有发现默夫。"

我努力让自己冷静下来。斯特林继续说:"我们得把这事掩饰过去,让它好像从来没发生过一样。你知道那是什么意思,对吧?"

"嗯,我知道。"

"确定?"

"确定。"

奇怪的是,等待过程中,我们慢慢平静了下来。强烈的阳光下,周围的事物逐渐失去具体形状,变成一团团模糊的光与影。除了直视的东西,一切都变得朦朦胧胧。我们看着赶车的顶着太阳,轻轻抽打着骡子的屁股,慢悠悠地走过来。视野里,水汽腾腾,除了他和那头瘸腿的骡子,其他的一切不是模糊的,就是颠倒的,再不就是完全一样的。在赶车的指引下,骡子拖着那条义肢,深一脚浅一脚地往前走着。等赶车的走近了一些,我们发现他身后还跟着之前见过的那两条黑狗。过了一会儿,赶车的走到了我们面前,并像长官视察似的,依次直视我和斯特林的眼睛。最后,他说:"给我一支烟,先生。"我给了他一支。他自己点上,深吸一口,笑了。

斯特林抓住默夫的双腿,准备把他抬起来。事已至此,我们没机会反悔了。我们从来没有反悔的机会。感觉好像在另一个依稀记得的世界,我们已经这么做了。无法反悔了。我走到斯特林对面,抓住默夫的两条胳膊,与此同时,不由得浑身一阵哆嗦,心脏怦怦直跳。我们把默夫抬到骡车上,让他躺在黏土、石头和稻草编成的小玩意儿之间,并赶走他身上飞舞的苍蝇。整个过程中,我们尽量避免直视那对窟窿似的眼窝。

"我们把他载到河那边去,"斯特林说,"然后把他扔进河里。

把你的火机给我,巴特。"

我照做了。斯特林打燃"芝宝"火机,丢进宣礼塔底部干枯的灌木丛。

"走吧。"他说。

河离得并不远。我们在后面走,赶车的赶着骡子似走非走,似跑非跑。跟着这一人一骡两狗的奇怪组合走了约五百米,我们看到了那条河。河水轻轻拍打着河岸,岸边浅水处的灯芯草随风摇曳。

斯特林拍了拍我的肩膀,指向我身后。我顺着他指的方向望去,看见熊熊大火从塔底灌木丛蔓延到塔身。烧吧,烧掉那座宣礼塔。太阳开始西移,熊熊燃烧的宣礼塔好像一芯摇曳的烛火。我心里掠过一个想法,那座塔可能会引燃整座城市,让整座城市化为灰烬。想到这里,我感到一阵愧疚,但马上就忘了愧疚的原因。

斯特林看着我,几乎自言自语地骂了一句:"操他们,妈的,操全世界的人。"

阿门。我们跟着骡车,顺着大街,慢吞吞地朝河边走去。街边杨树成行,街上尸体横陈。这些棕色皮肤的人,形形色色,各种年纪都有,是我们在搜查过程中打死的。所经之处,很多地方都在熊熊燃烧。夕阳下,街边燃烧着的、纤细而多节的树木和花草,活像一个个古代的路标,驱散暮色,并在横七竖八的尸体上投下一圈圈火光。

我们路过了许多老无所依、住破房子的居民。他们用颤音高唱着几支东方的挽歌,听着像是特意唱给我们听,以折磨我们的。骡车上,丹尼尔·墨菲的尸体映着橘黄色的火光,这是他羊皮纸似的皮肤的唯一色彩。摇曳的火焰还在他苍白的身体上投下片片阴影。要不是随着骡车的颠簸而摇晃,他的身体真成了一块描绘火景的画布。

我们把骡车推下河岸，推到水边。赶车的绕到骡车后部，摸了摸骡子的口鼻，然后从平坦的骡车上抱起默夫。我和斯特林每人抓着默夫的一条腿，跟赶车的一块儿走了几步，把默夫扔进河里。默夫的尸体立刻顺着平缓的水流漂过岸边的灯芯草，漂走了。他的眼窝变成了两个小漩涡。

"让它好像从来没发生过一样，巴特。这是唯一的办法。"斯特林说。

"嗯，我知道。"我看着地面说。踢起的沙尘在我的靴子周围飞扬、打转。我知道接下来会发生什么。

斯特林对着赶车的脸开了一枪。后者应声倒地，甚至没来得及为此感到吃惊。骡子像出于习惯似的，自动拉着车走了起来，两条狗跟在后面。一骡两狗逐渐走进暮色中。我们回过头，望向河面。默夫已经不见了。

十一

二〇〇九年四月

美国肯塔基州诺克斯堡

春天再度降临在一座座只有欢乐没有苦难的城市里。冰雪消融，万物复苏。那场战争的第七个四月——也是我入狱的第三及最后一个四月，春天的气息渗进牢房的窗户。此时，我已像自己希望的那样，过上了平淡而开心的生活。我在一所地区军事监狱服刑。这种监狱只属于第二级别，关押刑期为五年或五年以下的犯人。大伙都戏称这种监狱是"成人托儿所"，令我感到非常好笑。

我很高兴，几乎所有人都把我淡忘了。监狱里有个还过得去的图书馆。狱警允许我把书借回牢房看。牢房有扇窗，够大，但太高，站在地上，根本看不见外面的情况。牢房又有张金属写字桌，跟墙壁相连。久而久之，我发现看完书后，可以把书叠放在写字台上，然后站上去，就可以望向窗外了。只要能在封皮越来越破的书上保持平衡，就能清楚地看见外面的操场、围绕监狱的蛇腹形铁丝网和铁丝网另一侧的树林。树林外面就是那个无聊的世界。我们这些战争的小害虫，被世界彻底遗忘了。

刚入狱的几个月，我花了很多时间，努力想理清关于那场战争的头绪，并因此养成了一个习惯：一想起某件事，就在牢房墙上做个记号。我想有朝一日，自己可以把这些记号排列起来，编成一个有条理的故事。直到很久以后，我仍记着一些记号所代表的内容。以前住这间牢房的某个人，在墙上留下了他名字的首字母FTA。FTA旁边的镜子下方，有段用粉笔画的长线条，代表死在果园里的男孩——那个男孩死后，默夫曾抱过他的脑袋。床铺上方的那段线条，代表一个瞬间的想法。那是我们到达塔法的第一个夏天。那天，我们正沿着一条胡同，经过许多纵横交错、密密麻麻的电线。炎炎夏日，那些电线投下稀稀疏疏、聊胜于无的阴影。我们前面，有个人拐向了跟我们相反的方向。正在拐弯的斯特林朝我和默夫挥了挥手，示意我们走上宽阔的公路。就在那个瞬间，我突然想到，默夫其实有两个选择，而我只是其中之一。与此同时，我问自己能否胜任那项任务，并且怀疑，那是否就是他妈让我照顾他的意思和原因。没记错的话，做那个记号时，粉笔折断了，所以那段线条比我打算画的要短许多。这个选择是错觉；所有的选择都是错觉，就算不是错觉，也是行不通的，因为一个选择必须与当时当地、其他所有人的选择对抗——什么意思？刷成浅绿色的混凝土墙上，那段短短的线条看着就像粉笔灰"爆炸"瞬间的情形。谁能不顾一切而做出选择呢？我们没有获得的那些选择呢？比如默夫，因为死了，永远无法获得选择了——我就是他没有获得的一个选择。虽然很荒唐，但我仍记得那个记号及其代表的内容。最后，我终于明白，根本不可能把这些记号有规律地排列起来。因为，它们的位置是固定的，一旦落笔就无法改变，强行排列可能是错的。我记起什么，就随手做个记号。那些记号正反映了那场战争的混乱和无序。两米多长、一米多宽的单人牢房，好似一个小小的宇宙。这个宇宙变得越来越混乱了。最后，我终于接受了下面的事实：世上唯一的平等之处在于，任何事物都在彼此脱离。

有时，狱警会来我的牢房，并看到墙上多了一些记号。但至于所有记号中，哪些是新的，哪些是旧的，他们一直无法区分。不过，少数几个狱警对他们下班或休假前在我墙上看到的记号数有个大概印象，所以，等到再次开始四十八小时的轮班或休假回来后，他们至少能感觉出数量的变化。现在,我终于明白了,他们为什么会认为那些记号是有一定规律的。毕竟,那些记号可能确实是有规律的,因为我承认,要是多坐一两年牢,牢房所有的墙壁可能都会画满记号,甚至可能会根本看不见任何记号,只剩下几面被涂成白色的墙——那样的话,所有的记忆就连成了一片,好像那些记忆渴望变成把我关押其中的那几堵墙似的。当时,我自己倒是希望那样。但那些记号其实并没有什么规律,一切都是混乱的。狱警们似乎认为,我的那些记号具有某种意义,所以,要是他们理解错了的话,绝对是可以原谅的。

狱警们会问:"离你最快的出狱日子越来越近了,对吧?"

"嗯,"我会回答,"我觉得自己肯定会获得减刑的。"

"是啊,你肯定会获得减刑。你是监狱里的模范。"

"也许吧,谢谢。"

"你一共记多少天了?"狱警们会指着墙上的记号问。经他们一问,我会意识到,自己做的那些记号,也可以用来表示过去的日子。

"肯定有九百八十三、九百九十了,对吧?快一千了?"他们会笑着问。

"肯定有。"我会回答,并想起默夫——由于尚未发现尸体,他暂时没被计入死亡士兵人数。我会琢磨,要是自己没撒谎的话,默夫是第几个死的士兵。

出狱前的那个春天,默夫的母亲曾来看过我一次。看得出来,等待我走进探视区的过程中,她一直在哭。

"你们不能出现任何身体接触。不过,要是想喝咖啡的话,我可以给你们去倒。"狱警说。

刚开始,我不知道该对默夫的母亲说什么,但让她先开口,似乎很不公平:她不仅得承受这一切,还得不到任何安慰和理解。她想指责我的话,完全是应该的。默夫的失踪,是我造成的。我把他扔进了那条河。我隐瞒真相,是为默夫的母亲考虑,但不管怎么说,我无权替她做出那个选择。不过,默夫的母亲并未指责我。像大多数人一样,她表现得很有尊严,没有流露出内心的悲伤。世上总有那么多悲伤,一定程度上,也是因为在人前,大家习惯把悲伤深深地隐藏起来吧。

"我不知道,自己为什么来这里。"默夫的母亲说。

我不知道该怎么回应。

"就是想来看看你,你知道吗?"

我低下头,盯着油地毡。

"不,你当然不知道。"

接着,默夫的母亲告诉我,那年十二月,一辆黑色轿车缓缓地来到了她家所在的小镇。她的一个女性朋友打电话告诉她,那辆车正朝她家开去。那个女人看到,那辆车的副驾驶座上坐着个身穿军装的人。她对墨菲太太说,车里的人表情很茫然,但他们马上就要到了。

我想象那天,墨菲太太夫妇俩透过厨房的窗户,望着屋外。雪下了整整一夜,那时还在下。门廊的屋檐、远处的群山和周围那些树的树枝上全都落满了雪。整个世界一片洁白,没有任何棱角和杂质。那辆车从马路的最后一个拐弯处出现了,但墨菲太太夫妇俩似乎并未注意到。

当时,墨菲太太夫妇俩肯定看到了那辆车,但对它"视而不见"。他们僵立窗边,一言不发,好像什么怪病发作,全身麻痹了。

雪下得稍微大了些。那辆车有如空白画布上的一粒黑点，变得越来越大。墨菲太太夫妇俩仍呆呆地望着窗外。最后，那辆车停到他们家车道的小倒车坪上。未熄火的发动机发出空转的声音，虽然很轻，但仍听得到。不过，墨菲太太夫妇俩还是没动。上尉和随军牧师摘下帽子，开始敲门。直到那时，墨菲太太夫妇俩仍未离开厨房的窗边。门上传来轻轻的叩击声，表明上尉和随军牧师是真实的——完全真实的，但墨菲太太夫妇俩依然出神地望着窗外的轿车，一动不动，好像那辆车是上帝捉摸不透的神谕似的。

那两人轻轻地推门而入。墨菲先生吻了吻妻子，然后戴起帽子，穿上外套，走出后门。那两人说："非常遗憾，您的儿子，丹尼尔，牺牲了。"墨菲太太没有说话，只是抱着胳膊，望着他们，似在等看不见的第三方进行详细解释。但没有人进行解释。那两人表现出男人应有的风度，并未见怪。最后，他们往墨菲太太手里塞了一张卡片，卡片上记有他们下榻的地址——他们要等到天气好转才走。卡片上还有一个电话号码。要是有任何问题的话，墨菲太太可以给他们打电话。

我边听墨菲太太讲述，边努力回忆那个时候，自己在哪儿。但我算不出时间差，也分不清自己当时到底在什么地方巡逻——默夫死后，我冒着黎明前的严寒，继续执行了无数次巡逻任务。默夫的母亲说，她在原地一连站了几个小时。最后，受她身体热量的影响，冰霜覆盖的窗玻璃上出现了一个小小的、清晰的人形。等到她终于离开窗边时，已是晚上了。她走出未关上的后门，发现墨菲先生盘腿坐在雪中。风卷起地上的积雪，有时甚至漫过他的腰部。空中飞舞的雪花，纷纷扬扬，落到墨菲先生的帽子和肩膀上，望去好像他身上盖了块裹尸布。他们就那样坐着，一言不发。夜幕不断降临。

等墨菲太太讲完那天的事,我们面前的咖啡早就冷了。已经过去了几个小时,咖啡的热气完全消散了。墨菲太太心不在焉地拿起我们俩的杯子,把残渣倒进另一个杯子,然后错把盛残渣的杯子当成我的杯子,递还给我。

"我不知道会发生这一切。"我说。

"嗯,你当时怎么想的,对现在没有任何帮助。"

"是的,您说得对。"

墨菲太太执意追求真相和正义,想知道为什么默夫那么快就从失踪变成了阵亡,为什么军方给出的解释从来都说不通。终于,军方对她失去了耐心。不过,他们知道随着时间的流逝,人们会逐渐淡忘墨菲太太的痛苦。最后,军方做了成本收益分析,得出的结论是:用不了多少钱,就可以把她打发了。那时,电视早已不再报道墨菲太太抗争的事了。只有一些质量低劣的小报还在报道。那些小报的标题夸张而荒诞,并配以下面的图片:墨菲太太坐在摇椅上,薄薄的嘴唇之间叼着香烟。最终,墨菲太太勉强接受了以下两个条件:增加抚恤金,把我判刑。她之所以接受,是因为没人再听她的控诉了;是因为一如既往,美国人民很快淡忘了她那点破事,把注意力移向其他的苦难;是因为就连她的那些朋友都开始带着某种优越感,笑着对她说:"拉登娜,你终于得到了你要的真相。"

那些话是墨菲太太告诉我的。"好像我的真相应该跟你们的不一样似的,好像你们有一个真相,我有另一个真相似的。'你的真相',这话到底什么意思啊?"她说。

我不知道。我们彼此沉默了一会儿。

"真希望他没有离开家。"墨菲太太说。她看了我一会儿,然后问:"你呢?出去后有什么打算吗?"

"我不知道。"我从未真正考虑过自己最后会怎样、什么是紧要的——我能掌控的,就是不去考虑那些事。我老是想,要是获得一丁点机会,自己肯定能做出正确的选择。但我总是做错选择,总是沉湎于无关紧要的回忆。我从未做对过选择。我只知道,自己想做回一个普通人。要是我无法忘却做回普通人的念头,那我希望人们能把我彻底遗忘。

默夫的母亲能来,我很高兴。这倒不是因为,我跟她好像出人意料地和解了,而是因为她表现得很宽容,而且似乎很想知道她儿子到底怎么了、我为什么冒名给她写信——当时,她站在雪中读了那封信。我是她儿子之死的最后一个目击者。现在,她儿子已化为各种自然物质,但我不知道那些物质具体会形成什么东西。我想,我努力对她解释的那些话,根本不足以形容我亲眼目睹的情况。不过,我理解她对我的解释做出的反应,因为我的解释不仅粗枝大叶,而且跟我在牢房墙上做的那些记号一样,混乱不堪。我说不清,她到底做出了什么反应。她脸上仍然忧郁而失落,但不像之前那么明显,因为现在,她得分心琢磨我对她说的那些话。虽然谈了足足六个小时,但她的神情仍未明显缓和。至于是否原谅了我,她没说,我也没问。不过在她走后,我觉得自己一直以来的隐忍是对的。也许,她的隐忍也是对的。这样的隐忍实属不易,因为在如今的世界,即使应该隐忍,世人也会毫不犹豫地对此嗤之以鼻,认为那是懦弱的表现。

一切都已过去很久了。现在,我的失落感正在逐渐消失,但我不知道,消失的失落感正在变成什么。有一部分正在变得成熟,我想。默夫的年纪一直未变。我能感觉到在时光里，他跟我离得越来越远。我也知道以后的日子里，自己会逐渐忘记他、斯特林和那场战争。现在，我已摆脱了过去的阴影，住在位于蓝岭山麓的小屋静养。小屋周围，群山环绕，山上长满了层层叠叠、永远挺直的松树。偶尔，我似乎还会闻到底格里斯河的气味——记忆里，那条河仍跟那天一样，没有丝毫变化。但从松林吹来的清洌山风，立刻就会把那股气味荡涤得无影无踪。

我感到自己真的做回了普通人。每一天都变得跟前一天毫无区别。我们必须活在世上，至于世上的各种细节，总是次要的。现在，我完全是普通人了，除了身上带有一些很可能伴随终生的怪毛病。我不想看到连绵不绝、直达天际的大地，不想看到沙漠、草原、平原，不想看到任何连成一片的东西。我想看到群山，想让树林阻碍自己的视线——什么树都可以：松树、橡树、杨树，等等。我想看可控和有限的事物，把大地分割成一块块人类容易对付的小区域。

默夫的母亲来监狱看我时，给我带了一张伊拉克地图。第一次看那张地图时，我心想真奇怪，她会送我这个——那天晚上在牢房，看完地图后，我不停地打开、折叠地图，费了好大的劲，才把地图按原来的折痕，重新折叠起来。地图上有块放大的格子，格子里显示的是塔法市及其周边地区。对着地图看了一会儿后，我不再觉得有趣了。格子里显示的塔法市，看着非常陌生，而且极不准确——那只是按某个比例尺缩画的图画而已。

住进小屋的第一天，我把行李取出来，摆在又旧又简单的橄榄色行军床上。那张床是在陆海军军需用品店买的，就在监狱所在的基地外面。我没有多少东西，只有几件衣服和墨菲太太给的地图。我在地图的四个角贴上胶带，然后把地图尽可能平整地粘到墙上，但那些折痕仍清晰可见。我记得，自己用手指摸了摸其中一条折痕。那条折痕跟底格里斯河的一段刚好重合。那短短的一段，正是底格里斯河穿越塔法市的部分。我在包里翻了一阵，摸出自己的一块勋章，然后尽可能找准我们扔下默夫的位置，把勋章粘到地图上。一如所有地图，那张地图很快就会过时——说不定，已经过时了。那张地图表示的，只是一个抽象的地理概念，而形成那个概念的根据，不过是一些瞬间的记忆。那些记忆如此短暂，根本无法表现岁月对地理环境的细微影响：随着时间一小时接一小时、一年接一年地流逝，尼尼微平原上随风飞扬的沙尘会越来越多，河流的弯道也会变得越来越弯。那张地图终将会越来越无法准确反映真实的情况，逐渐沦为一张废纸。这让我想起了说话：嘴巴说的跟心里刚才想的，耳朵听到的跟嘴巴刚才说的，总是有所出入。但世上并不存在十全十美的事物，我们只能将就。

我去屋外走了一会儿。周围群山环绕，一片寂静。我在明媚的阳光下打了会儿盹。迷迷糊糊中，我依稀听到在美国的某个角落，一匹布从一块小纪念碑上沙沙地滑落。此外，似乎还有人说话的嗡嗡声。

接着，我看到了默夫。他还是我最后一次见他时的模样，但变得好看多了。不知怎么，他的伤口不像之前那样触目惊心了。他的毁容变成了永恒的象征。我看见默夫顺着缓缓流淌的底格里斯河，漂出了塔法。平静的水面下，无忧无虑的鱼儿漠不关心地游来游去。它们使默夫的身体逐渐褪去了乌青色。冬去春来，冰雪消融。

山洪从扎格罗斯山脉倾泻而下,裹挟着默夫的身体,朝底格里斯河下游冲去。尽管如此,默夫的身体仍未散架。随着大地变绿又变黄,默夫逐渐漂过了世界的发源地。两名士兵在河岸的芦苇和灯芯草丛中休息。一人在睡觉,另一人看到了默夫的尸体。那名士兵不知道默夫曾是他们中的一员,心想默夫肯定是跟他们无关的、另一场战争的牺牲品。他冲破碎的尸体大声喊道:"再见,狗日的!"他的喊声吵醒了身边的战友,并在炎热的空气中越传越远,听着像是歌唱。那时,默夫身上的创伤很可能都已不见了,整个人只剩下一副光光的白骨。春往夏来,默夫漂到了广阔的拉伯河——由底格里斯河和幼发拉底河交汇而成。一名渔夫驾着平底小船,在河边沼泽滑行。他的长篙无意间碰到了默夫的遗骸。我看到在入海口附近,默夫的尸骨终于被水冲散了。岸边的枣椰树投下长长的、帘幕似的树影。那些散架的碎骨,漂过层层树影,漂过破碎的海浪,最终归入大海。

致　谢

本书基本上是我独立完成的。不过，这本书能最终呈现于你们面前，离不开许多人的帮助。因此，衷心感谢我的父母；感谢你们从未对我失去耐心。衷心感谢我一生中遇到的许多优秀的老师：帕蒂·斯特朗、乔纳森·赖斯、加里·桑吉、布赖恩特·曼格姆、迪安·扬和布里吉特·佩金·凯利；感谢你们的教诲、智慧和关怀。衷心感谢米切纳作家中心给了我机会；特别要感谢给予我指导和鼓励的吉姆·马格努森、迈克尔·亚当斯和马拉·艾肯。衷心感谢帮我阅读草稿的朋友们：菲利普·迈耶、布赖恩·范雷特、夏马拉·加拉格尔、弗吉尼亚·里夫斯、本·罗伯茨、菲奥娜·麦克法兰、凯莱布·克拉赛斯和马特·格林。衷心感谢"利特尔和布朗"出版社的所有人，尤其是迈克尔·皮奇、瓦妮莎·克伦、妮科尔·杜威和阿曼达·托比尔；衷心感谢加拿大赛普特的德拉蒙德·莫伊尔和罗西·盖勒。把作品托付给你们，我感到无比放心。衷心感谢"罗杰斯、科尔里奇和怀特"版权代理公司的所有人通过不懈努力，让此书在世界各地出版；其中，特别要感谢斯蒂芬·爱德华兹和劳伦斯·拉鲁约克斯。最后，衷心感谢彼得·斯特劳斯；能得到你的帮助，是我的荣幸——除了这句话，别的都不用多说了。要感谢的人实在太多了，无法一一罗列——光是这一点，就让我觉得自己非常幸运。